Author
柚本悠斗
illustration
桜木蓮
家に帰るとカノジョが必ずナニかしています

「家族なんですから、遠慮なくご覧ください……」
月夜野朱莉《つきよのあかり》
一人暮らしの主人公の部屋に押しかけてきた「レンタル家族」
表向き、物静かで品行方正な優等生だが……。

「ずばり泉ケ丘君の好みはこれだ！」
戸祭羽凪《とまつりはな》
クラスメイトでスクールカースト最上位の陽キャ、モテ女子。
ぼっちの主人公になぜか興味があるらしく、朱莉との関係を怪しみ……。

「誠に申し訳ございません……」
昼休み、俺は屋上で
朱莉と羽凪に
土下座をしていた。
「あのさぁ颯人君。
今がどういう状況か
わかってるわけ？」

「まさかわたしより先に
雫に手を出されるなんて……」

contents

家に帰るとカノジョが必ずナニかしています

柚本悠斗

GA文庫

カバー・口絵　本文イラスト
桜木蓮

Prologue プロローグ

ie ni kaeru to kanojyo ga kanarazu nanika shiteimasu

「んん……!?」

ある日の夜中。

寝苦しさに目を覚ますと同時、思わず叫びかけて声を堪《こら》えた。

なぜなら、少しでも動けば唇が触れそうな至近距離に女の子の顔があったから。

薄暗い中、カーテンの隙間《すきま》から漏《も》れる僅《わず》かな外の灯りが幸せそうな寝顔を照らす。

小さな顔に完璧《かんぺき》ともいえるバランスで配置されたパーツ。

透き通るような白く綺麗《きれい》な肌に長いまつ毛が印象的な整った顔立ちは、少女としての可愛《かわい》らしさを残しつつも大人の女性としての美しさを兼ね備えている。

そんな女の子が、俺《おれ》のベッドで寝息を立てているからだ。

「……相変わらず慣れねぇな。目が覚めて驚くの何度目だよ」

思わず呟《つぶや》きながら、溜め息が漏《も》れる。

そう――こんな状況は、今に始まったことじゃない。

毎度のこととはいえ、女の子が隣で寝ている状況はやっぱり慣れない。

完全に目が覚めてしまい、水でも飲もうと起き上がろうとした時だった。

「うぅん……」

「――――!?」

彼女は可愛らしいうめき声を上げながら、俺を捕まえるように腕にしがみ付いてきた。

なんとも言えない柔らかな膨らみを押し付けられ、あまりの気持ち良さにまた声を上げそうになってギリギリ堪える。

眠っている彼女は当然、下着を着けていない。

推定Dカップ――薄手の部屋着はダイレクトに感触を伝えてくる。

少しでも動けばより感触を楽しむことができる状況で、脳内の天使と悪魔が全面戦争を繰り広げるんだが、彼女はそんな俺の葛藤なんて知る由《よし》もなく腕を抱きしめてくる。

「勘弁してくれ本当……」

僅差《きんさ》で理性という名の天使が勝ち、彼女の腕をそっと離す。

起こさないよう、ゆっくりと布団《ふとん》をめくりベッドから降りようとした時だった。

「ぐはっ――!?」

さすがに三度目にもなると声を堪えきれない。

なんと彼女の部屋着のボタンが外れていて、胸元《むなもと》が露《あら》わになっていた。

豊かな双丘は横になっているため重力に逆らうことなく強調されている。今はギリギリ隠れているが、身じろぎ一つで見えちゃいけないものが見えてしまうのは確実だろう。

パジャマのボタン同様に俺の理性が炸裂《さくれつ》しかける。

全力で目を背《そむ》け、布団を彼女に掛け直してベッドを降りた。

「可愛い上に胸も大きいとか……思春期男子にとっちゃ暴力みたいなもんだろ」

そんなことを呟きながら、部屋の隅に置いてあるウォーターサーバーの水をコップに注《そそ》ぎ、一気に飲み干して冷静さを取り戻す。

ソファーに身を投げ、思わず天井《てんじょう》を見上げた。

「なんでこんなことになったのか……」

そう――こんなはずじゃなかった。

いまだベッドで幸せそうな寝顔を浮かべている彼女。

その寝顔を眺めながら、今に至った経緯を振り返る。

1 誕生日プレゼントは美少女

人生は所詮《しょせん》、マルチプレイではなくソロプレイだ――。

もちろん、全《すべ》ての人に当てはまることではないのかもしれない。

だが、少なくとも俺《おれ》にとって、十六年間生きてきた末に導き出された結論である。

どうだろう？　あながち間違っているとは言えないと思わないか？

どれだけ大切な友達や恋人を作っても、その関係がずっと続くとは限らない。

事実、大人たちは社会人になると学生時代の友人なんて疎遠だと口にし、運命の人だと信じて付き合った男女がクソどうでもいい理由で別れていく。

それは家族だって同じ。いずれは自立をしなければいけないのに、親離れや子離れができず過保護やニートになってしまったなんて話はざらにある。

そんなものに執着して関係を維持する労力に比べたら、初めから一人であることを受け入れて生きていく方がよっぽど楽だし建設的だと思わないか？

つまり『本当に強い人間とは、一人で生きていく強さを持つ者だ――』それが俺の信条。

その考えに至り、お一人様生活を始めてから一年ちょっと。

俺は一切《いっさい》の友達を作らず、ひたすら『孤独耐性』を上げることだけを考えてきた。

孤独耐性とは、俺が考える『一人で生きていく強さを表す指標』であり、あらゆるソロプレイをすることで上昇し、人と群れることで下降していくリアルのパラメータ。

可視化できないパラメータではあるが、昼休みに一人で過ごしたり、一人で帰宅することで上がり、逆に誰《だれ》かに声を掛けられたり、親密になることで下がってしまう。

友達なんて作った日には、せっかく積み上げてきた耐性値がゼロになるようなもの。

そうやって孤独耐性を極《きわ》めるべく過ごした日々は、とても充実していたと思う。

だってそうだろ？

クラスでのポジション争いや派閥の対立など、誰だってその手の人間関係で悩んだことがあるはずだ。誰かの顔色を窺《うかが》うような生活が禿《は》げるほどストレスなのは語るまでもない。

一人でいれば、少なくともその手の面倒事から解放される——。

とはいえ、友達が不要だからといって周りと必要以上に距離を取る必要はなく、変に卑屈になる必要もない。一人といえど、生きて行く上で最低限のコミュニケーションは必要だ。

大切なのは、相手に期待せず、自分も期待されないこと。

相手に期待をさせれば好感度が上がる。その逆もまたしかり。

その積み重ねが友達という関係性を作り上げ、煩《わずら》わしい人間関係を形成してしまう。

だが、周りの連中に対して常にニュートラルに接していれば、やがて『仲が良くも悪くもない極めて普通のクラスメイト』というベストポジションを確保することができる。

そうすれば、理想とするお一人様生活への支障は最低限で済むだろう。

なんて、こんなことを言うと『友達ができないだけだろ』と笑う奴《やつ》もいるかもしれない。

だが残念。そんなことは全くない。

俺は胸を張って『友達ができないいんじゃない。作らないだけ』と言える。

理由は簡単。単純明快。

今言った『お一人様理論』の真逆を行えば嫌でも友達ができてしまう。そしてそれは、過去の俺が取ってきた行動そのものであり、俺自身が体現者であるからだ。

友達を作っていたからこそ、作らない方法を熟知しているにすぎない。

今にして思えば無駄な時間をすごしてきたと後悔しかないが、はぶられたぼっちではなく、自ら進んでぼっちでいる俺こそ『プロのぼっち』と言っても過言ではない。

そんな感じで、来週から始まる高校二年としての生活も、なに一つ変わることはない。

自称プロのぼっちとして一人で生きていく強さを身につけるべく、孤独耐性を極める日々。

ゆくゆくは独身公務員として、安定の下に定年退職を迎え気ままな老後をすごす。

それが俺の青春であり、人生設計だったんだが……。

それはある日を境に、あっさりと終わりを告げた。

月夜野朱莉《つきよのあかり》が『レンタル家族』としてやってきたあの日に――。

＊

そのメールが届いたのは、春休みも終わりに近づいたある日のことだった。

俺のお一人様生活の基盤である1LDKのアパートで、同居しているはりねずみの源太《げんた》（通称・源さん）にのんびり餌をあげていた時、不意にメールの着信音が鳴り響いた。

「メール……だと？」

驚きのあまり思わず餌をあげる手がとまる。

なぜなら、俺のメールアドレスを知っている奴は誰もいないからだ。

今のご時世、友達とメールするよりメッセージアプリでやり取りする方が便利だから！　なんて理由じゃない。そもそも俺のスマホにはメッセージアプリが入っていない。

つーかさ、メッセージアプリってマジで害悪だと思わないか？

読んだ瞬間相手にバレるとか、返したくもないクソどうでもいい内容なのに、見てしまったが故になにか返さなきゃいけない義務感に苛《さいな》まれる。既読無視なんてしたら後から『なんで返事くれなかったの⁉』と言われ、まやかしの友情に亀裂が入ること間違いなし。

俺にとっては不要な心配だが、それはともかく――。

「まさか……」

唯一心当たりのある人物の顔が頭に浮かび、慌ててメールを開く。

『誕生日おめでとう。今日着でプレゼントを送った。煮るなり焼くなり好きにしろ。父より』


「親父が今さら誕生日プレゼントだと……?」

父親とはもう一年も会っていないし連絡も取っていない。

俺が高校に入学するのを機に勤めていた外資系企業を辞め、行方《ゆくえ》をくらました。それ以来、何度か連絡をしたものの返事はなく、どこでなにをしているかもわからない。

どうして今さらプレゼントを……ていうか、誕生日は来週なんだが。

とうとう息子の誕生日も忘れたかクソ親父!

そう思った矢先だった――部屋のインターホンが鳴り響く。

時計に目を向けると、時間はまだ朝の九時半。

親父のプレゼントを届けにきた配送業者だろう。

「源さん、ちょっと待っててくれ」

餌のミルワームを源さんの前に置いて玄関に向かう。

ドアを開けると、まさかの光景が目に飛び込んだ。

「おはようございます!」

目を疑った。

そこには、一人の美少女が笑顔で立っていた。

肩の下まで伸びたストレートの髪が風になびく。やや下がりめの大きな瞳《ひとみ》と長いまつ毛が印象的で、浮かべている笑顔からは全てを受け入れてくれそうな優しさが窺える。

身長は百五十センチ台半ばといったところだろうか？　春らしい薄いピンクのワンピースが身体のラインを強調していて、服の上からでもスタイルの良さが明らかだった。

「……部屋を間違えてません？」

とても配送業者には見えず、思わず出たのはそんな言葉。

それもそうだろう。

この一年で俺の部屋を訪ねてきたのは配送業者を除けば新聞勧誘と宗教勧誘。あとは隣の部屋のカップルが修羅場《しゅらば》の時に、助けを求めてきたお姉さんくらい。

もしや美少女を使った新手の勧誘か？　違うとすればドッキリを疑いカメラを探すレベルだが、幸いドッキリを仕掛けるようなお茶目な友人はいない。

つまり、こんな美少女が俺に用事があるはずがない。

「えっと……ここ、泉ケ丘颯人《いずみがおかはやと》さんのお部屋ですよね？」

彼女は少し困ったような表情を浮かべながら俺の顔を覗《のぞ》き込む。

もはや驚愕《きょうがく》に震えるレベル。本当に俺に用事があってきたらしい。

「はい……俺が颯人ですが、なんの用です？」

警戒しながら答えると、彼女の顔にぱっと笑顔が咲いた。

「私、月夜野朱莉です！」

弾んだ声で名のり、どうしてか、少しの間があった。

「……月夜野朱莉さん？」

思わず繰り返してみるが、心当たりはない。

「はい。今日からお世話になります。よろしくお願いします！」

「はい？」

今なんて言った？

「早速ですが、お邪魔しますね」

なんて考える間もなく、彼女は部屋に上がろうとする。

「ちょ、ちょっと待ってくれ！」

慌てて彼女の肩を摑《つか》んで引き留める。

「どうかされましたか？」

「どうかされましたもなにも……いきなり部屋に上がられても」

すると彼女は察したような表情を浮かべ、顔を少し赤らめて叫ぶ。

「大丈夫です！　部屋が片付いてないとか、ちょっと女の子に見られたら困るような雑誌が

あっても気にしません。むしろ私、興味も理解もある方なので安心してください！」

「いやいやいや、思春期男子に理解があるのは結構なことだけど、そうじゃなくて！」

動揺して摑む手の力が緩《ゆる》んだ瞬間だった。

彼女は俺の手をかわして部屋に足を踏み入れる。

「あら、綺麗《きれい》にされているのですね。大人な雑誌も見当たらない……」

なぜ後半、やや残念そうに言ったんだろうか。

「あっ！」

彼女はなにかを見つけたように声を弾ませ、それに近づいてしゃがみ込む。

「はりねずみを飼っているのですね。可愛《かわい》い！　お名前はなんていうのですか？」

「名前？　源太。俺は源さんて呼んでる」

「源さん。可愛い名前ですね。よろしくね、源さん」

絶賛食事中の源さんに触ろうとするが、源さんは丸まりながら針を立てて警戒モード。それでも彼女が触ろうとすると、源さんは完全に顔を隠してしまった。

いや、そんなことよりも——。

「本当にちょっと待ってくれ。いきなり家に押しかけてきて、今日からお世話になりますとか……月夜野さんだっけ？　どういうことか説明してくれ」

するを彼女はきょとんとした表情を浮かべた。

いやいや、そんな顔をしたいのは俺の方なんだが。

「聞いていらっしゃいませんか？」

「だからなにを？」

「今日から私が、颯人さんのレンタル家族として一緒に暮らすことです」

「……はい？」

脳内に流れ込む情報が、一つも理解できずに抜けていく。

レンタル家族？　一緒に暮らす？　こんな美少女と俺が？

いやいやいや、なにかの間違いだろ？

「快斗《かいと》さんから聞いていませんか？」

「か、快斗さんて……」

その名前に聞き覚えがないわけじゃない。

快斗――泉ヶ丘快斗。俺の親父の名前だ。

「じゃあ、月夜野さんは親父から言われてここに来たってことか？」

「はい！」

目眩《めまい》がして思わず頭を抱える。

どうやら冗談ではないらしい。

どこでなにをしているかもわからない親父から、わけのわからない状況を押し付けられているってことか。あの親父らしい……相変わらず行動が読めないのは変わっていない。

「あの……本当になにも聞いていらっしゃらないのですか？」

「ああ。聞いてないどころか、親父とは一年も連絡を取ってない」

彼女は心配そうに俺の顔を覗き込む。

すると彼女は、様子を察してか状況の説明を始めた。

「快斗さんからお仕事の依頼を受けて、颯人さんの身の回りのお世話をさせていただくことになりました。四月から毎週土日の二日間だけ、颯人さんの家族としてすごす契約です」

要約すると、そういうことらしい。

「マジかよ……」

なに考えてんだあのクソ親父は……。

「せっかく来てもらって悪いけど契約はなしだ。身の回りの世話といっても特に困っていることはない。自分のことは自分でできるし、不自由はしてないからな」

こう見えて料理は好きだし、掃除や洗濯は定期的にしている。

なぜなら、一人暮らしは堕落しようと思えばいくらでもできてしまうからだ。

堕落はやがてメンタルを崩壊させる。一人で生きていく孤独に耐える強靭《きょうじん》なメンタルを維持するためには、こうしたセルフマネジメントも欠かすことはできない。

でも、料理後の食器洗い……あれだけは面倒で、ついため込んでしまうんだよな。

だが、そんな俺の事情を知らない彼女は——。

「それはできません」

きっぱりと答えた。

「既に一年分の契約金もいただいています。仕事としてお引き受けした以上、誠心誠意お世話をさせていただきます！」

彼女は決意に満ちた瞳で俺を見つめる。

胸元《むなもと》でガッツポーズをするあたり本気らしい。

「今日はご挨拶《あいさつ》だけと思っていましたが、せっかくなので掃除とお洗濯くらいはさせていただきますね。あ、これは契約外ですがサービスですので、お気になさらないでください」

一方的に告げると、鼻歌混じりに部屋を片付け始めた。

「いや、本当に待ってくれ！」

「年齢制限付きの雑誌を隠されるまで待った方がよろしいでしょうか？」

「そういう意味で待ってくれって言ってるんじゃねぇよ！」

待ってくれなくてもちゃんと見つからない場所にしまってある。あまりにも見つかりにくいところに隠しすぎて自分でもわからなくなり、一年後とかに出てくるんだよな。

まるで成人雑誌のタイムカプセル。思春期男子なら誰もが経験あるだろ？

まぁ、一人暮らしだから隠す必要なんてないんだけどな。

「わかった。とりあえず親父に連絡して確認するから、マジで待ってくれ」

スマホを手に取り、彼女に背を向けて親父の番号を表示する。

だが一年ぶりの連絡——発信ボタンを押すのが戸惑われた。

親父に最後に会ったのは忘れもしない、中学の卒業式だった。

あの時の衝撃は今でも覚えている——中学の卒業式を終えた帰り道、親父から会社を辞めたこと、そしてこれからは好きに生きていくと告白された。

驚きに言葉を無くしていると、スマホとかなりの金額が入った通帳を渡され『これでおまえも好きに生きていくといいさ』と、親父が借りたこのアパートの前で車から降ろされた。

半ば放心状態で部屋に入ると、なにもない部屋にケージに入った源さんがいたわけだ。

以来、一度も会っていないし連絡も取っていない。

「すっげぇ気が重いが……そうも言ってられないか」

腹を括《くく》って電話を掛ける。

だが電波が圏外らしく、すぐに携帯会社の音声ガイダンスが流れた。

「悪い。親父と連絡が取れないんだ。とりあえず今日のところは——？」

口にしながら振り返ると、彼女の姿が見当たらない。

「あれ？」

僅《わず》かな時間に忽然《こつぜん》と姿を消した彼女。

すると、洗面所の辺りで物音が聞こえた。

洗面所の掃除か？　近づいて覗きこむと同時、思考がとまった。

「はあああぁぁぁ……」

「……」

目の錯覚だろうか？　いや、どうか錯覚であってくれ。

どうしてか彼女は、俺のボクサーパンツを顔に当てて恍惚《こうこつ》の表情を浮かべていた。

理解し難《がた》い状況に驚きを抑えつつ考える。

彼女には、なにかそうしなければいけない事情があるんだろうか？　俺のパンツを愛おしそうに握り締め、顔に当てながら悩ましい声を上げる可能性――。

皆無だった……やはり彼女がパンツを嗅《か》いでいるようにしか見えない。

「ふひひっ……」

その美貌《びぼう》からは想像もつかない笑い声が聞こえた気がした。

「えっと……なにしてんのかな？」

恐る恐る聞いてみる。

彼女は一瞬だけ真顔になってフリーズしたが、次の瞬間。

「お洗濯をさせていただこうと思って、タグについている品質表示を確認していたんです」

彼女はそう答え、やましさなんて微塵《みじん》も感じ取れない満面の笑みを浮かべた。

なるほど。品質表示の確認だったのか。それなら考えられなくもない。

あぶないあぶない。危うく初対面の女の子に変態疑惑をかけてしまうところだった――でも男物のパンツを洗うのに、品質表示なんて確認する必要あるか？

「快斗さん、ご連絡つきましたか？」

「え？　あ、いや……それがさ、電波が繋《つな》がらなくて」

「そうでしょうね。あんな山奥では滅多《めった》に連絡なんてつかないと思いますよ」

彼女は洗剤と柔軟剤を洗濯機に入れながら、まるで知っているかのように口にする。

「……あんな山奥？　月夜野さん、居場所を知ってるのか？」

「はい。この仕事をお受けするために一度会いに行きました」

彼女は洗濯機の蓋《ふた》を閉めると、不意に俺の手を取った。

「なっ――!?」

「ちょっとこちらへ来てください」

余りに突然のことで、さすがにドキッとしてしまった。

彼女にとっては大したことではないのかもしれないが、女の子に手を握られるなんて何年ぶりだろうか？　ここ数年、源さんの手しか握った記憶がない。

たぶん女の子の手を握ったのは、小学校六年生の時のフォークダンスの練習が最後。

めちゃくちゃ嫌そうな顔をするクラスの女子に『さきっちょだけ！　さきっちょだけだか

ら！』と懇願し、しぶしぶ指先だけ繋いでもらった記憶が甦る。

おかげでしばらく友達から『ミスターさきっちょ』って呼ばれたんだぞクソが。

彼女の手は温かく柔らかで、源さんのプニプニした手とは違った気持ち良さがあった。

「これを見てください」

部屋に戻りソファーに座ると、彼女はスマホを差し出してきた。

スマホを受け取り覗きこむと、画面には某動画サイトが表示されている。

再生されているのは、上半身裸の中年男性が山奥で自給自足生活を送っている様子を動画にしたものらしい。

自分で作ったと思われる小屋を背に、焚火《たきび》の前で肉にかじりつく姿。

関連動画を見てみると、他にも自作の風呂《ふろ》や畑、食器などを作る動画もある。

チャンネル名は『四十歳で会社を退職したブッシュクラフト親父の日常。』

チャンネル開設は一年ほど前で、登録者数は三十万ちょっと。一年間で三十万ならそれなりの人気チャンネルだろう。よくわからんが。

だが四十歳で社会からドロップアウトとか、将来設計もくそもあったもんじゃない。人生を舐《な》めているようなタイトルが本人の無計画な人間性を物語っている。

本当は会社をリストラされて金がないから山籠《ご》もりしてるんじゃないか？

少なくとも俺はこうはならないと思いながら見ていると、動画の最後に配信者が映る。

画面アップで笑顔を浮かべながら横ピースする姿を見た瞬間、叫んでしまった。

「お、親父――⁉」

舐めたタイトルの人気チャンネルの配信者は、俺の親父だった。

「一年間も音信不通でなにやってんだこいつは！」

思わずスマホを投げ捨てそうになった。

「群馬県と新潟県の県境にある山奥で暮らしているんです。週に一度、動画のアップのために下山するそうなのですが、連絡がつくのはその時くらいでしょうね」

「月夜野さん……まさかここまで行ったの？」

「はい。装備を整えて行きましたが、三日ほどかかりました」

笑顔でとんでもないことを言ったぞ。

親父も大概だが、そんな親父に会いに行く彼女も大概だろ。

会いに行こうとするバイタリティが恐ろしい。

「そんなわけですから、改めてレンタル家族として、よろしくお願いしますね」

「いや、状況はわかったけど、だからと言って――」

俺の返事も聞かず、彼女はさっと立ち上がり。

「とりあえず、お洗濯とお掃除の続きをやってしまいますね」

制止も聞かず、モリモリと作業を始めた。

そんな姿を横目に、俺は頭と源さんを抱えるしかなかった。

しばらくして、洗濯と掃除を終えた彼女が戻ってきた。

「今日は初日ですので、これで失礼しますね」

「あ、ああ……」

その間、どうしたものかと悩んでいたが答えは出ない。

「次にくるのは来週の週末です。といいますか、これから毎週土日はお世話になります。レンタルとはいえ家族ですから、なにかあれば遠慮なく言ってくださいね」

「とりあえず、それまでに親父に連絡がつくよう努力をしてみるよ……」

彼女は『頑張ってくださいね』と労《ねぎら》いの言葉を口にした。

頑張ったらレンタル家族契約はなしになるんだが、わかっているんだろうか？

「今後は土曜の夜にお泊まりさせていただくことになりますので、色々と必要なものを揃《そろ》えないといけないですね。私のパジャマとかタオルとか、お風呂用品とかも――」

「待て待て待て！　え⁉　泊まり⁉」

「家族ですから、当然ですよね」

「いやいやいや！　それはさすがにダメだろ！」

「颯人さん、家族というのは一つ屋根の下で寝食を共にするものですよ」

彼女は至って真顔で『なにか問題でも?』と言わんばかりに答える。

いやいやいや、問題しかないだろ。主に俺の下半身的に。

「家族がどうとか知らないけどさ、赤の他人の若い男女が泊まりとかまずいだろ」

「あら、颯人さんはまずくなるようなことを私にするつもりなのですか?」

「いや、そういうわけじゃなくてだな……世間的にもさ」

「大丈夫です。私、全然そういうの気にしませんから」

彼女のいう気にしないとは、いったいどちらの意味だろうか?

まずいことをされても気にしないのか、世間体を気にしないのか。

前者だったらどうしよう。その気はなくてもちょっとトキメク。

「ではまた来週、よろしくお願いします」

そう口にすると、彼女は源さんの前にしゃがみ込む。

警戒されているのもお構いなしに、そっと優しく両手で抱きあげた。

「源さんも、これからよろしくね」

そう声を掛けると、もぞもぞと動いて顔を出す源さん。

「あ、そうだ!」

彼女はなにやら思い出したかのように声を上げ、鞄《かばん》から封筒を取り出した。

「これ、快斗さんから預かったものです。一人の時に開けるようにと仰《おっしゃ》っていました」

「俺に？　あ、ありがとう」

お礼を口にすると、彼女はやたら上機嫌で帰ったのだった。


彼女を見送った後、一気に疲れが押し寄せて源さんを抱きしめながらソファーに沈む。

「マジかよ……なんだよレンタル家族って……どうする源さん？」

源さんは俺のお腹《なか》の上であおむけになりながら、我関せずと言わんばかりに寝始めた。

マイペースな源さんが愛《いと》おしい。生まれ変わったらはりねずみに生まれたい。

そんな現実逃避をしながら、受け取った封筒を開ける。

『誕生日プレゼント、可愛いだろ？　感謝しろよ（笑）父より』

「あの野郎……」

事情を察し、怒りのあまり手が震える。

「あれか⁉　彼女が誕生日プレゼントってことか！　ふざけんなクソ親父！」

手紙をビリビリに破いて投げ捨てる。

「マジでどうすんだよこれ……ん？」

溜め息を吐きながら窓の外を眺めると、違和感に気付いた。

ベランダには彼女が干してくれた洗濯物があるんだが、おかしい……昨日穿《は》いていたはずのお気に入りのボクサーパンツが見当たらない。

まぁいい……今はそれどころじゃない。その辺にあるだろ。

前途多難すぎる新学期の幕開けに、頭を抱えるしかなかった。

＊

四月に入り、学校が始まった。

今日から高校二年生として新しい生活が始まる。

教室では既にクラスメイトが新しい人間関係を構築しようと盛り上がっていた。

俺の通う望都《もと》今泉《いまいずみ》高校には多くの学科がある。

普通科の他にも流通経済科、情報技術課、農業科、服飾デザイン科の計五つ。

そのため各学科の特別教室も多数あり、校舎は五つと他の高校に比べて多い。

教員室や生徒会室がある管理特別棟、服飾デザイン科の実習室がある南棟、一般教室と情報技術科の研究室がある大きめの中央棟、そして流通経済科と農業科関連の教室のある北棟。

最後に少し離れた場所にある進路・教育に関するキャリアガイダンス棟。

そんな多くの学科のうち、俺が所属するのは情報技術科。

クラスも学科ごとに別れ、情報技術科は二クラス。

つまり、クラス分けをしても半分は一年の頃と同じ奴らということになる。

新しいクラスでは面識のある者同士が集まり、お互いに友達を紹介し合う。そうやって新しい人間関係を作り、クラスでの立ち位置の確立やグループ作りに精を出すんだろう。

ご苦労なこった――それらの行為が、将来的にクソの役にも立たないとも知らずに。

当然俺は、そんなクラスメイトを気にもせず一人窓側の席でうな垂れる。

別にクラスに馴染《なじ》めないからじゃない。

というか、馴染むつもりは全くもってない。

自称プロのぼっちとしての生活は二年になっても変わらない。

俺の掲げるお一人様理論――。

その①　人に期待せず、人に期待されず。

その②　周りに対しては常にニュートラルに。

その③　必要最低限のコミュニケーションでやりすごす。

絶対の掟ともいえるこの理論の下、煩わしい人間関係を回避してお一人様生活を謳歌する。

その中で、一人で生きて行く強さを身につけるべく孤独耐性を極める日々。

それが俺の青春であり、将来、独身公務員としての人生を全うする足掛けとなる。

じゃあなぜ、うな垂れているかって？

理由は一つ、先日やってきた月夜野朱莉の件——。

どれだけ考えても対応策は思いつかなかった。

その気になれば家に上げないという選択肢もあるが、そのせいで部屋の周りをうろつかれても困る。

また彼女のタイプからして、おそらく拒否をしても無駄だろう。

最低限、相手を納得させない限り平穏なお一人様生活は取り戻せない。

とりあえず親父にはメールをしておいた。

かなり長文で送りつけてしまったが、要約すると『レンタル家族とかふざけんなクソ親父。山籠もりなんてしてないで早く契約解除しやがれ。動画は面白《おもしろ》かった』というもの。

あの後、親父がなにをしているのか気になり動画を全部見てしまった。

なにも持たずに山に籠もり、ゼロから必要なものを作っていく生活。

家作りや畑作り、風呂や陶器まで作る徹底ぶり。罠《わな》を設置して鳥やイノシシなんかを捕まえて捌《さば》いてみたり、ぶっちゃけ下手なドキュメンタリー番組より面白い。

俺の目指す方向とは違うものの、ある意味これも一人で生きていく強さの体現だろう。

近々シーズン2が始まるらしい。今から楽しみで仕方がない。

「おっはよーう♪」

そんなことを考えていると、元気で可愛らしい声が教室に響いた。

視線を向けると、そこには一人の女子生徒と彼女を取り巻く男子生徒たちの姿。

彼女の名前は戸祭羽凪《とまつりはな》――同じ情報技術科に通う女子生徒。

肩にかかるナチュラルに明るい髪と瞳の色が目を引く美少女で、身長は百五十センチそこそこで小柄。美人というよりも可愛らしいタイプで、その辺の芸能人よりよっぽど可愛い。

性格は一言でいうなら天真爛漫《てんしんらんまん》でぶりっこ。

愛嬌《あいきょう》の塊のような奴で男女問わずモテまくり、スクールカーストのトップに君臨していて彼女を知らない奴はいない。人を区別せず、誰とでも仲良くできるのも人気の理由だろう。

「みんな送迎ありがとね。また放課後〜♪」

戸祭が笑顔で手を振ると、男子生徒たちは感極《かんきわ》まったのか涙を流しながら最敬礼をして去って行く。彼らはペットと呼ばれる戸祭の取り巻きたちで、本人曰く『オトモダチ』らしい。

何号までいるかは知らないが、おまえらそれでいいのか？

なんでも、彼女自身が特定の彼氏は作らない主義と公言しているらしく、日々押し寄せるとんでもない数の告白を片っ端から笑顔で断り続けたらしい。その数三桁《けた》。

結果、連中はその気持ちを汲《く》んで皆で愛《め》でようと、涙を呑《の》んで紳士協定を結んだらしい。

ぶっちゃけ、ただの負け惜しみにしか聞こえない。

くだらない青春すぎる。他にもやることあるだろおまえら。

ちなみにこれ、全部クラスメイトが話しているのを盗み聞きした情報だ。

当然だろ、そんな恋バナみたいな話をする相手なんかいない。プロのぼっちにとって、情報収集は寝たふりか本を読むふりをしながらクラスメイトの会話の盗み聞きがデフォルトだ。

そうして得た情報は、お一人様生活を支える礎《いしずえ》となる。

「なんだか騒がしくなりそうだな……」

クラスの中心人物のキャラクター次第でクラスの色は決まる。

それがあの戸祭羽凪だとしたら、おそらくこのクラスは学年で最も騒々しいクラスとなるだろう。それくらい戸祭のパーソナリティは人を引き付けるものを持っている。

下手に巻き込まれないよう、しっかりと対処する必要がありそうだ。

我関せず、窓の外を眺めながら考えている時だった――。

「ぐはっ！」

「おっはよーう泉ヶ丘君♪」

油断しているところを、戸祭に全力で背中をぶっ叩《たた》かれた。

「お、おう。おはよう」

痛む背中を押さえながら挨拶を返す。

そう。こいつはこういう奴なんだよ。

他のクラスメイトが誰一人として俺に挨拶をしてこない中、こいつだけは挨拶をしてくる。

一年の時から一緒のクラスなんだが、どうしてか定期的に絡《から》んでくるんだ。

だから俺にとって、戸祭は唯一の天敵とも言える存在だった。

「今年も同じクラスだね。よろしく♪」

戸祭はそれだけ言うと、他のクラスメイトの下へと去って行った。

無邪気に声を掛けてきやがって……おかげで孤独耐性が下がっただろうが。

心の中で戸祭に文句を言った時だった。

「二年になってもあの子は変わんないね」

隣の席から、そんな声が聞こえた。

視線を向けると、そこには席に座ってこちらに視線を向ける女子生徒の姿。

明らかに染めている髪色に着崩した制服。しっかりと濃い目の化粧をしているあたり、不良とまでは言わないにしろ明らかに軽い感じのする女子だった。

「「……」」

どうしてか、しばらく無言で見つめ合う俺たち。

今のはもしかして、俺に話しかけたんだろうか？

俺は過去、クラスメイトから声を掛けられたと思って返事をしたら、声を掛けられたのは後ろの席の奴だったという事件があって以来、すぐに返事を返さないように徹底している。

あの時の『え？　なんでおまえ？』感はプロのぼっちといえどさすがに気まずい。

念のため辺りの席を見渡してみるが近くに他の生徒はいない。

マジか。また孤独耐性が下がったんだけど。

「そうだな。少しは大人しくしてくれるのを願うよ」

初めて見る女子生徒だが、だからだろう、俺に話しかけてくるのは。

俺のことを知らない奴が、たまにこうして話しかけてくることがある。

座席表で確認すると、簗瀬《やなせ》みゆきと書いてあった。

「隣の席同士、よろしくね」

「ああ。ほどほどによろしく頼む」

早速だが、『お一人様理論その③　必要最低限のコミュニケーションでやりすごす』

雑な対応はせず、かといって会話を膨らませもしない。一言二言で終わらせることで距離を必要以上に詰めないように無難に返す。

特に女子は、変な噂《うわさ》を流されると爆発《ばくはつ》的に広まってしまう危険性が高い。そのネットワークは繋がりの先が見えない厄介なもので、一度のミスが命取りになりかねないからだ。

「新学期からやかましいぞ。さっさと席に着けガキども」

すると、担任の女性教師が教室にやってきた。

パンツスタイルのスーツ姿で長い髪をかき上げながら、気だるそうに着席を促す。

この教師の名前は駒生《こまにゅう》ゆかり。独身のアラサー女子で担当は現代文。

三十路前に危機感を覚え、去年から本格的に婚活を始めているそうだが状況は芳しくないらしい。自身で婚活アプリを七個同時にやっていると公言している。

全くもっていらない情報だが、駒生先生は嫌なことがあると授業をやらずに自分の不満を語り続ける癖《くせ》があり、婚活で出会った男の愚痴で何度か授業を潰《つぶ》したことがある。

本人曰《いわ》く『結婚できないんじゃない。しなかっただけ』負け惜しみにしか聞こえない。

誰が見ても満場一致で不良教師なんだが、どうしてか、PTAや校長からは高い評価を得ているから謎《なぞ》だ。一部ではPTA会長や校長の愛人説も挙がっている。

見た目が綺麗なだけに、問題は容姿ではなくて性格だともっぱらの噂。

「戸祭、取り巻きの男どもを教室まで連れてくるな。私への当てつけか？」

「違いますよ～。先生の魅力に比べたら、わたしみたいな子供なんて相手になりません」

「次から気を付けろ。若い男をはべらせまくるとか、嫉妬《しっと》で頭がおかしくなりそうだ」

「はぁーい。気を付けまーす♪」

とても教師と生徒の会話とは思えない。

「さて、おまえたち――」

教壇に立った駒生先生は口にする。

「私が担任になったのが運の尽きだ。最初に言っておくが、私にはおまえたちの面倒を見ている暇なんてない。自分たちの好きなようにしろ。知ってのとおり、私は婚活で忙しい」

クラスメイトたちが絶句する。

教師とは思えない発言も、ここまでくるといっそ清々《すがすが》しい。

「言葉のとおり、本当に好きにすればいい。口うるさい教師どもよりよっぽどマシだろ？　本来生徒の自主性なんてもんは、ある程度の自由の中でしか活《い》かせない。私はおまえたちの面倒を見ない代わりに縛りもしない。この一年間を生かすも殺すも自分次第。ただし、その代わり自分たちの問題は自分たちで解決しろ。ケツの拭き方くらい学生のうちに憶《おぼ》えておけ」

中には面食らう生徒もいるだろう。

ただ、俺にとっては納得できる部分もあった。

自立とは、最低限自分のことは自分でできることを意味する。

学生のため金銭的なものは親を頼らざるを得ない。だがそれ以外において、なにをするにも自己責任という駒生先生の言葉は、俺の掲げるお一人様理論に通じるものがある。

噂では酷《ひど》い不良教師と聞いていたが、案外どうだろう？

少なくとも俺にとって、そう悪くないのかもしれない。

「そんなわけで一年間、このメンバーでやっていくわけだが、最初に一人紹介しておく。転生の紹介だ。男子ども泣いて喜べ。美少女だ――十年前の私そっくりのな」

一瞬歓喜に沸いた男子生徒たちが、次の瞬間トーンダウンする。

十年前の先生にそっくりとかリアクションに困るだろ。

「入っていいぞ」

駒生先生が入口に向かって声を掛ける。

すると戸が開き、一人の女子生徒が入ってきたんだが――。

「は……？」

信じがたい光景に、思わず思考がとまった。

女子生徒は満面の笑みで教壇に立ち、一度小さくお辞儀をする。

「はじめまして。月夜野朱莉です」

目にしている状況を、頭が理解してくれない。

「どうか、よろしくお願いします」

目の前に現れたのは、先日レンタル家族としてやってきた少女――。

再び歓喜に沸く男子どもの声が、どこか遠く聞こえる。

頭の中で警鐘が鳴り響く――なんで悪い予感ての は当たるんだろうか。

この時の俺は、自分のお一人様生活が脅かされるんじゃないか？

そう直感的に感じていた。

2 始まる同居生活と、家族ルール

そんなこんなで新学期が始まって数日。

つまり、月夜野朱莉《つきよのあかり》が転校してきてから数日後のこと。

俺《おれ》は、多大なる戸惑いを感じていた。

月夜野朱莉が同じ高校に転校生としてやってきたこともそうだが、まさか同じ学科で同じクラスとは。それ以上に、彼女が俺に一言も話しかけてこなかったことについて。

お一人様生活を望む俺としては、それはそれで助かるんだが……。

当の本人は、早くもクラスに馴染《なじ》んできているようだった。

こうして昼休み、一人で読書をしているふりをしながら彼女の様子を窺《うかが》っているんだが、仲良くなったクラスメイトと楽しそうに歓談をしている。

転校生ともなれば、よっぽどのコミュ障じゃない限り注目を浴びる。

彼女も例外なく注目を集め、クラスの女子たちと仲良くなった。

転校してきた時期が一学期で、面倒な人間関係が出来上がる前だったというのも良かったんだろう。既に完成されたコミュニティの中に加わるのはさすがに難しい。

そうやって彼女を観察していて、いくつか気付いたことがある。

まず、性格は真面目《まじめ》であり、それでいて社交的であり、どこか育ちの良さを窺わせる。

歩き方や身のこなしが上品で、さらに美少女とくれば男たちが放っておくはずがない。戸祭《とまつり》ほどではないにしろ話題となり、よそのクラスから男たちが見にくるほどだ。

二つ目に、とても頭が良いということ。

どうやら前の学校は進学校だったらしく、俺たちが二年になって学ぶことを前の学校では一年の時に学んでいたらしい。授業態度も良く、典型的な優等生といえる。

三つ目、運動はあまり得意ではないらしい。

体育の授業は男女別のため見たわけではないが、少しどんくさいところがあると女子にいじられていた。

確かに胸は大きい……推定Dカップ。大きな胸がじゃまなだけじゃない？　ともからかわれていた。

兎にも角にも、早くもクラスで存在感を大きくしていた。男子の卑猥《ひわい》な視線を集めているだけはある。

「いったいなにを考えてんだ……」

話は戻り、どうして俺に声を掛けてこないんだろうか？

すでに俺が孤立していると知っている他の奴《やつ》らならまだしも、彼女は知らない。

もちろん、だからといって必要以上にグイグイ来られても困るが、お互い面識がある上に同じクラスだったことについて、向こうも驚いたことだろう。

であれば、なにかアプローチがあってもいいはずだ。

悩んだ末、俺はこちらから彼女に声を掛けることにした。

自分から声を掛けるなんて孤独耐性を下げる最も愚かな行為だが仕方ない。

少なくとも、レンタル家族の件だけは早急に口止めをしておかなければならない。

自分から誰《だれ》かに声を掛けるなんていつ以来だろうか？

あれは確か中学三年生の終わり。

お一人様生活を始めて間もない頃、学校でクラスメイトの女子の財布を拾ったから届けてやったのに舌打ちで返されたのが最後だ。

それ以来、俺は落とし物を見かけたら見ぬふりをするよう徹底している。

また舌打ちされた時のことを考えながら、彼女が一人になるタイミングを窺い始めた。


なかなかどうして、彼女に声を掛けられるタイミングがやってこない。

勘違いされないように最初に言っておくが、あまりにも自分から話しかけなくなったせいで声の掛け方を忘れたとか、緊張しすぎて手汗がびっしょりだからではない。

転校生補正だろう。クラスメイトが過剰にコミュニケーションを取っていることもあり、常に誰かしらと一緒。自分だったらいい加減ほっとけとキレてしまいそうだ。

だが、チャンスはお昼休みにやってきた。

彼女は一人で教室を後にし、俺も意を決して後を追う。

しばらく一人で歩いていたが、不意に彼女が廊下を曲がった。

見失わないように急いで追いかけ、廊下を曲がった直後だった――。

「私になにか用かな？　泉ケ丘《いずみがおか》君」

どうやら後をつけられていることに気付いていたらしい。

待ち構えていた彼女が、笑顔でそう口にした。

だが、その表情や声音《こわね》に違和感を覚える。

「あ、ああ……ちょっと話がしたくてな」

「なに？　お話だったら教室でもいいんじゃない？」

やっぱり違う。

俺の部屋で話していた時は敬語だったのに、今は普通にため口だ。

いや、同じ学年のクラスメイトなんだから当たり前か。

「ちょっと人前では話しにくいことなんだ」

言いかけて、不意に両手で口を押さえられた。

彼女は周りを確認するようなしぐさを見せると俺の手を取り。

「こっちに来て――」

逃げるように小走りで俺を連れて行く。

やってきたのは、人気のない階段の裏だった。

「ここなら大丈夫ですね」

彼女の声音が変わるのがわかった。

敬語——初めて話をした時と同じ。

「驚いたよ。まさか同じ学校で、同じクラスになるなんてな」

「私は快斗《かいと》さんから同じ学校だと聞いていましたから。でも、同じクラスになれるとは思ってなかったので嬉《うれ》しいです。もうこれは運命といっても過言ではありませんね！」

いや、過言だろ。過言すぎるだろ。

そんな目を輝かせて言われても困る。

「それで、お話というのはなんでしょう？」

「あ、ああ……その、この前の件についてなんだが」

すると彼女は、口の前で人差し指を立てた。

「その話は、学校ではやめましょう」

少し真面目な口調で言った。

「私たちの関係は秘密にしておくべきだと思います。少なくとも、二人きりの時とは違う接し方をした方がいいのではと。クラスのみなさんに理解していただけるとは思えません」

その言葉に、俺は胸を撫《な》で下ろす。

「わかってるなら助かる。思春期真っ盛りの高校生なんて、どいつもこいつも恋愛脳ばかりで誰と誰が怪しいとか噂《うわさ》するのが大好きだからな。自分がそのターゲットになるのは勘弁だ」

それだけはなんとしても避けたい。

「わかりました。学校内では普通のクラスメイトとして接します」

「そうしてくれ。俺もそうする」

「他人行儀に感じることもあるかもしれませんが、許してください」

「気にしなくていいさ。無視してくれるくらいが丁度いい」

「なるほど。学校では放置プレイをご希望ということですね！」

勘違いも甚だしい。まるで俺がそう望んでいるみたいじゃないか。そりゃクラスでソロ活動していたらある意味放置プレイみたいなもんだが、俺じゃなかったら泣いてるぞ。

突っ込むのも面倒だからそれでいいや。

それに、彼女はまだ知らないのだから仕方がない。

俺がこの一年間、どういう立ち回りをしてきて今に至るかを。

「週末、楽しみですね」

「その件についてはまだ受け入れてないぞ」

そう口にすると、今度は小さく笑った。

「受け入れてもらえるように頑張りますね」

「いや、努力でどうこうって話じゃなくてな……」

「先に戻ります。午後のホームルームの前にお手洗いに行きたくて教室を出たので」

「そいつは悪かったな……」

小走りで去っていく彼女を見送りながら、溜《た》め息が漏《も》れてしまう。

やっぱり彼女の中で、レンタル家族契約は確定事項らしい。

どうしたものか……新学期早々、溜め息を吐いてばかりだ。


教室に戻ったのは、始業のベルが鳴ると同時だった。

すぐに駒生《こまにゅう》先生がやって来て、教室に入ってくるなり口にする。

「クラス委員長を決めろ。方法はおまえたちに任せる。私は婚活アプリで男探しをしているから決まったら声を掛けろ。仕切りはそうだな……戸祭。おまえがやれ」

「えー！　わたしそういうの苦手なんですけど～」

「学校一の知名度を誇る奴がなにを言っているこのぶりっこが。いいからやれ」

「はぁーい」

戸祭は嫌そうに声をあげながら、それでも席を立って教壇に向かう。

嫌と言いながら、それでも従うあたり根は素直なんだか目立ちたがりなんだかわからん。

「駒生先生、ちなみに決まった後ってどうするんですか？」

「どうもしない。私の邪魔をしなければ授業が終わるまで好きにしてろ」

さすがにフリーダムすぎるだろ駒生先生。

「やった！　それじゃちゃちゃちゃっと決めて遊ぼう！」

戸祭の言葉に、クラスメイトが歓喜の声を上げた。

「たぶんいないと思うけど、一応聞いておこっかな。やりたい人がいたら手をあげてー」

静まり返るクラスメイト一同。

そりゃそうだ。クラス委員長なんて雑務、好んでやりたがる奴なんていないだろ。

「だよねぇ。じゃあ推薦で！　さっそくだけどわたしから推薦しまーす」

そう言いながら戸祭は一人の女子生徒を指差す。

「月夜野さん、どう？」

まさかの指名だった。

指名された彼女は、戸惑いのあまり辺りを見回す。

いやいや、他に月夜野さんはいないだろ。

「私……？」

「そう！　ほら、転校してきたばかりで学校のこともまだ詳しくないと思うし、クラス委員長をやることで学校を知るきっかけになると思うの♪　それにさ、このクラスだけじゃなくて他のクラス委員長との付き合いもあるし、友達関係も広がると思うんだよね！」

そんな戸祭の猛プッシュを聞きながら確信する。

戸祭は自分がクラス委員長をやらされないために、彼女を推薦したんだろう。

戸祭はどう見てもこのクラスの中心人物だ。推薦となれば必ず名前が挙がるだろうし、そして挙がった以上、戸祭の人気を考えれば圧倒的多数で支持されるはずだ。

目立ちたがりのくせに面倒事は嫌い——そんな性格が見て取れる。

本当、その辺の立ち回りも抜かりがない奴だ。

「そうね。みんなが私でいいって言ってくれるなら、やってみようかな」

「決まりだね！」

その瞬間、教室が拍手に包まれた。

「先生、クラス委員長が決まりましたー！」

「ああ、早かったな。私はちょうどイケメンとマッチングしたところだ。ここからが勝負——早急に食事の約束を取り付けたい。好きにしていいから邪魔だけはしてくれるなよ」

「はぁーい♪」

こうして、我がクラスの委員長が三分で決定したのだった。

＊

そんなこんなで、新学期の初期イベントを一通り終えた週末。

とうとう土曜日の朝が来てしまった……。

気が重すぎる。気が重すぎて朝から胃が痛い。

残念ながら、契約の件について進展はなかった。

相変わらず親父から返信はないんだが、動画サイトに最新動画が上がっているのはどういうことだ？　絶対メールは受信してるだろ！　読んでないのか無視してんのか⁉

ちなみに親父のチャンネルの最新動画の内容は、これまで暮らしていたホームキャンプを変更し、別の場所で一から生活基盤を作り直すというものだった。

『ブッシュクラフト親父の日常。シーズン２――第一話　家造り』

まずは木を切り倒すための石斧の作成から。

ちょうどいいサイズの石を見つけると、粗い石で砥《と》いで形を整え、次に細かな石で刃を鋭利に仕上げる。用意した六十センチほどの木の棒に穴を空け、石をはめ込んで完成。

石斧で切り倒した木を柱として据え、植物のツルを使って細かな骨子を組み上げる。

その上に大きな植物の葉を何層にも重ねて屋根を作った。

次に、粘土質の土と水を混ぜて作った泥を重ねて壁を塗っていく。

その工程で部屋の一画に暖炉を作り、排煙用の煙突も合わせて作成。最後に木で作ったドアと窓を付けると、人一人が住むには充分すぎる家ができあがった。

中でも驚いたのは、床を掘って石で蓋《ふた》をしてから隙間《すきま》を泥で埋め、床下に通気口を作ったこと。通気口の入口で薪を燃やすと熱気が床下を循環して中を温《ぬく》める仕様らしい。

言うならばアナログの床暖房。なんとも素晴らしい生活の知恵である。

少しずつ完成に近づいて行くその工程が、見ていてめちゃくちゃワクワクする。

動画の最後はお決まりの笑顔で横ピース。

うむ。次の更新が楽しみでしかたない。

……そうじゃねえだろ！　なにしてんだよ俺は！

これから朱莉がやってくるのに親父の動画を楽しんでる場合じゃねぇだろ。

「あーもう！　結局なんの解決もしてねぇ！」

隣で丸まっていた源さんが俺の叫び声に驚いてビクッと身を震わせる。

「ああ……ごめんな源さん」

ソファーの上で右往左往する源さんを抱き上げて顔の前に持ってくる。

「源さん。俺たちの気ままな二人暮らしが終了の危機なんだ。なんかいい方法ない？」

源さんは鼻をヒクヒクさせながら首をかしげる。

そんな姿がとてつもなく可愛《かわい》いんだが、源さん相手に現実逃避しても仕方がない。

「どうしたもんか……」

その時だった――インターホンの音が彼女の到着を告げる。

「ただいま戻りました！」

俺が立ち上がるよりも先に、彼女が玄関を開けた。

言葉のとおり、まるで自分の部屋に帰ってきたかのようなフランクさ。もはや彼女の中で、この部屋は自分の部屋でもあるという認識なんだろう。

立ち上がり、彼女を出迎えるために玄関に向かう。

そこには、とても楽しそうに笑顔を浮かべる彼女の姿があった。

今日は暖かいからか、薄手の白い花柄のシャツに淡いピンクのフレアスカート。

この前のピンクのワンピースもよく似合っていたが、こういうコーディネートも悪くない。降ろした髪を少しだけ内側に巻いていて大人っぽく見えた。

「ただいま戻りましたって、どういう意味だ？」

「颯人《はやと》さん、知らないですか？　帰ってきたらただいまと言うのは当たり前のことですよ？　今までは一人暮らしをされていたので言うこともなかったと思いますが、これからは颯人さんも言ってくださいね。ただいまって言える相手がいるって幸せなことです」

屈託《くったく》のない笑顔で口にするんだが……違う、そうじゃない。鈴木雅之が歌い出すぞ。

いや、ある意味で予想通りすぎる返答に突っ込む気すら起きない。

「まぁ、とりあえず座りなよ」

どちらにせよ一度、しっかりと話をする必要がある。

俺はソファーに座り、彼女にも隣に座るよう促した。

「失礼します」

彼女が腰を掛けると、俺はゆっくりと話し出した。

「改めてレンタル家族契約について話をしたいんだが」

「はい。私も颯人さんにお見せしたいものがあるんです」

「お見せしたいもの？」

彼女は鞄《かばん》から取り出したＡ４サイズの紙を差し出す。

受け取って確認すると、そこには『レンタル家族契約書』と書かれていた。

小難しい言葉で記された文言はともかく、内容を要約すると『高校卒業まで俺の身の回りの世話をするレンタル家族として一緒に過ごすこと』が詳細に記されている。

最後には、親父と彼女のサインと共に印が押されていた。

「冗談じゃないんだな……」

わかってはいたことだが、思わずぼそりと呟《つぶや》く。

できれば冗談であって欲しいと思っていだが、こうして形として見せつけられると信じないわけにはいかない。

そして契約書には一つのルールと、いくつかの注意事項が記されていた。

『ルール①　家族が困っている時は、全力で、無償で、無条件で支えること。

また、最初にお互い一つずつルールを決め、破った場合はペナルティを科すものとする。

ペナルティ・相手のお願いを一つ、なんでも聞くこと。


追記・契約を反故《ほご》とした場合、泉ヶ丘颯人の住んでいる部屋を解約することとする』

「ふざけんなクソ親父！」

とっさに契約書を破きそうになった。

なんだ最後の一文は！

部屋を解約⁉　ここを出て行けってことか⁉

「そんなわけですので颯人さん。改めてお願いします」

彼女は三つ指をついて深々と頭を下げた。

そんな彼女を見下ろしながら、俺は納得する。

なるほどな……彼女の押しがやたらと強かったのも、レンタル家族契約を断られるとは微塵《みじん》も思っていない発言が多かったのも、つまりはこういうことか。

あの親父なら、本当に部屋の解約をしかねない。

そうなったら、高校生の俺は自分で部屋を契約することができず路頭に迷うことになる。

親父から受け取った纏《まと》まった金は、おそらく俺が大学を出るまで充分な余力があるだろうけど、金があったところで未成年の俺には新しい部屋を契約することはできない。

瞬時に様々なケースを想定し、結果——受け入れざるを得ないと判断した。

「わかったよ……」

正直参った。冗談じゃない。

だが、もういっそポジティブに考えるべきだ。

——俺が理想とするお一人様生活を謳歌するための、長い人生のうちのたった二年。そう考えれば耐えられる。なにもこのふざけた状況が一生続くわけじゃない。

全《すべ》ては、独身公務員として定年退職を迎えるという夢のために。

「こういうことなら仕方がない」

「ありがとうございます！」

彼女は嬉しそうに胸の前で手を合わせて笑顔を浮かべた。

「じゃあさっそくだけど、決めるべきことを決めてしまおう」

「はい！」

契約書にあったルールもそうだが、一緒に暮らすとなれば役割分担は必要だろう。

後からあれこれ揉《も》めるのは、正直面倒というのもある。

「お互いに一つずつルールを決めるってやつだけど……月夜野さんはなにかあるか？」

「朱莉と呼んでください」

「え？　それがルール？」

「いえ、ルールとは別です。家族なのに苗字《みょうじ》で呼び合うのは変ですから」

「そりゃそうだけど……」

さすがに女の子を名前で呼ぶのは抵抗がある。

「ちなみに呼び捨てで結構です」

さらにハードルを上げてきやがった！

「じゃ、じゃあ……朱莉は、ルールどうする？」

ダメだダメだダメだ！

むずむずしすぎて耐えられん！

「そうですねぇ……」

彼女は名前で呼ばれ満足そうな表情を浮かべると、少し悩んだ素振《そぶ》りを見せる。

「実は二つ候補がありまして、どちらにするか決めかねています」

「二つ？　まぁ、とりあえず言ってみれば？」

「一緒に寝るか、一緒にお風呂《ふろ》に入るか――」

「待て待て——！」

はい⁉　なに言っちゃってんの⁉　正気か⁉

いや、待つのは俺だ。

落ち着け。冗談という可能性もある。

真面目な印象とは裏腹に、じつはめちゃくちゃお茶目とか——。

「このお部屋の寝室は一つだけですし、それに本来、家族というのは一緒に寝るものです。よく親子川の字になってというじゃないですか。でも、ガス代や水道代を考えれば一緒にお風呂に入る方が節約になりますし、家族のコミュニケーションにもなるかなと……」

……そんな可能性はなかった。

やはり真面目な印象通り、マジで言っているようにしか見えない。

どうなんだろうか？　俺はまともな家族生活を送ってこなかったからわからない。

母親は物心がついてすぐに亡くなったし、父親はいつも仕事で帰りが遅かった。それは仕方がないことだと思っているし、別に自分が人より不幸だとは全く思っていない。

むしろ小さな頃から自分で料理や掃除なんかをしていたこともあり、そのおかげで一人暮らしに必要な家事スキルが身についたことについては良かったとすら思っている。

だが、そのせいで朱莉の言う『普通の家族』というものがわからず判断できない。

「どうしましょう？　ベッドは別にして、私がこのソファーで寝かせていただくという方法もありますよね。そう考えますと、やっぱり私のルールは一緒にお風呂に入――」

「俺のルールは風呂だけは別にするってことにしてくれ！」

朱莉の言葉を遮《さえぎ》って、こちらのルールを先に提示した。

「……ずるい」

膨れっ面でジト目を向けられた。

「いや……仮に朱莉の言うとおり家族は一緒に風呂に入るものだとしても、やっぱりいい年の男と女が一緒に風呂入るってまずいだろ。家族とはいえ契約で、やっぱ他人だしさ」

そう言うと、朱莉は少しだけ残念そうな表情を見せた。

「わかりました。では、私のルールは寝る時は一緒のベッドにします」

先ほどまでの拗《す》ねた感じはどこへやら、機嫌良さそうに口にした。

なんだろうか……なんだかしてやられた気がする。

俺のルールは結局のところ、危機回避で決めさせられたようなもの。朱莉としては希望の二択のうち一つがルールになったわけで……まさか初めからこうなるように仕向けた？

朱莉の様子を窺うと、鼻歌混じりに契約書をしまっている。

いや、どちらかといえば策を講じるタイプよりも天然だろう。

考えすぎか……。

「添い寝……ふひひっ」

そんなことを考えていると、朱莉がなにか呟いたような気がした。

「今……なにか言ったか？」

「え？　なにがでしょう？」

朱莉は至って真顔でそう答える。

空耳か？　なんか凄くゲスい笑いが聞こえた気がしたが……。

「いや。なんでもない……」

やっぱり気のせいらしい。

「初期ルールも三つ決まったわけだし、後は生活していく中でなにか支障があれば、その都度話し合うってことでいいか？」

「そうですね。そうしましょう」

「それとな、もう一つ話しておきたいことがあるんだが――」

それは、レンタル家族契約を続ける上でとても大切なこと。

「改めてこのことは、学校やクラスメイトには秘密にしてもらいたい」

もしバレたら、想像できるあらゆる最悪のことが起こるだろう。

「はい。もちろん私も、他の方にお話しするつもりはありません」

「学校では必要以上の干渉は避けてくれると助かる」

「え？」

「わかりました。颯人さんのご都合の良い形で構いません」

「悪いな。助かるよ」

後は自分たちがぼろを出さなければ、少なくとも週末以外は今までどおり。

常に細心の注意は必要だろうが、最低限のお一人様生活は維持できそうだ。

「こうして秘密を共有しあうと、家族って感じがしますね！」

朱莉は楽しそうに言うんだが、俺にはそんな余裕はない。

むしろ秘密という名の弱みを握られたようにしか思えない。

「さて、決めることも決めましたし、今からデートをしましょう」

「デ、デート⁉」

あまりにも突拍子もない提案に思わず声が裏返った。

「はい。必要な物を買い揃《そろ》えたいですし、この街のことをいろいろ知っておきたいんです」

「ああ、買い物に付き合えってことね。家族として荷物持ちくらいは付き合うさ」

「こんな時ばっかり家族と言うんですね。やっぱりずるいです」

「悪いな。一人暮らしが長くなると多少のずるさは必要なのさ」

適当に返すと、朱莉は少し寂《さび》しそうな表情を浮かべた。

ああ、そうか——俺は今、気を遣わせてしまったんだな。

普通の家庭ですごしてきた奴から見れば、一人で生きてきた奴は可哀想《かわいそう》——そういう風に捉《と》えても仕方がない。まだ俺に友達がいた頃、同じようなリアクションをされたこともある。

今後は冗談でもこの手の発言は控えよう。

残念ながら、俺には可愛い女の子を困らせて喜ぶ趣味はない。

「じゃあ今から行くか。源さん、留守番よろしくな」

「源さん、行ってきますね」

源さんに挨拶《あいさつ》をする俺に続いて朱莉は源さんに手を振る。

こうして、レンタル家族初日の買い物へ出発した。


部屋を出た俺たちは、近くのバス停でバスがくるのを待っていた。

土曜日の午前中ということもあり、待っているのは俺たちだけ。

「どこに行くんです？」

「駅の西側にある商店街に行こうと思ってる。田舎《いなか》の商店街なんてニュースじゃどこもシャッター街って言われてるが、この街の商店街は意外と活気があるんだ。個人商店だけじゃなくてチェーン店やドラッグストアなんかを誘致することで、寂れないようにしてるらしい」

「そうなんですね」

「そう遠くないところにショッピングモールもあるんだが……そこは学生たちがこぞって集ま

るから、一緒に出掛ける時は避けた方がいいだろ。クラスメイトに会う確率が高すぎる」

「そうですね。今度一人の時に行ってみます」

「ぜひ行ってみるといい。アパレル系のテナントも多いから、なにをするにも困らないぞ」

そんな会話をしていると、すぐにバスがやってきた。

朱莉と一緒に乗り込み、揺られること十五分――駅の東口に到着した。

「ここから歩いて十五分てとこかな。少し歩くが大丈夫か？」

「はい。街並みも見たかったので、むしろ嬉しいです」

それからしばらく会話もほどほどに歩き続ける。

朱莉は時折、きょろきょろしながら辺りを見回していた。

新しい環境に対する不安よりも、好奇心が勝っている。そんな印象を受ける。

知り合って一週間だが、朱莉は裏表がない女の子なんだろうと思う。初対面の男に対してグイグイきたり、自分の意見をはっきりと言う時もあれば、気を使える一面も見せる。

他のクラスメイトのような派手さや幼さは感じられず、どこか大人びていた。

先日も感じたことだが、きっと育ちが良いんだろう。

だが、俺が知っているのはそれだけだ。

朱莉が今までどこでどんな生活をしていて、どうして転校してきたのか？　そもそもなぜレンタル家族なんて仕事を受けるに至ったのか？　知らないことが多すぎる。

でも、それらを詮索《せんさく》するのはやめよう。

それらの事情が、おそらく特殊だというのは想像に容易《たやす》いが、朱莉の問題だ。

自分から言ってこない限り無暗に聞く必要はない。あくまで契約としての家族関係。知る必要があるとしたら、きっと朱莉から話してくるだろう。

ただ思うのは、正直ほっとしている自分がいる。

レンタル家族の相手が金髪ギャルで『マジ卍!』とか言ってたら会話にならない。そんなことを言う奴は十年後に思い出して恥ずかしさのあまり自ら掘った穴に落ちてしまえ。

「颯人さん! 川が流れています!」

朱莉は渡っている橋の中央で柵《さく》に摑《つか》まりながら下流に目を向ける。

「そんな珍しいものか?」

「私の住んでいた街もたくさん川があったので、つい嬉しくて」

「この街はそれなりに栄えてるが、少し離れるだけで一気に田舎だからな。川なんていくらでもあるぞ。夏になるとリア充《じゅう》どもがあちこちの川辺でバーベキューやってるし」

「そうなんですか? 楽しそうですね!」

「朱莉ならそういう友達もたくさん作れるだろ」

「私はお友達とではなくて、颯人さんと一緒にやれたらと思ったんです」

「なっ……」

「夏になったらやりましょうね。バーベキュー」

「……考えておくよ」

本当、朱莉はこの手のことをストレートに言ってくるんだが、どこまで本気で言っているんだ？　社交辞令か、家族としてか、はたまた……うん。それはないな。

お一人様理論その①　人に期待せず、期待されず。当然勘違いもしない。

俺みたいに孤独を愛する者は普段、屋上なんかの人気のないところで活動するんだが、そうすると色ボケした男女の告白シーンなんかを見たくもないのに目にしてしまう。

少し仲良くなって『俺たち両想《おも》いじゃね？』なんて勘違いして告白をしたものの『あ……ごめん。そういうつもりじゃなくて……』なんて、お決まりのハートブレイク。

その後、クラスで暴露されて恥ずかしい思いをした先人たちは数知れず。いつの時代も繰り広げられてきた悲しい青春の一ページ。告白なんてするんじゃなかったなぁ……。

つまり、朱莉が誘ってくれるのは家族としてのイベントの一つだからだろう。

焼肉店でもファミレスでも一人の俺が、家族ってだけでこんな美少女と肉が食えるとは。

どうでもいいけど外食するたびに店員に『何名様ですか？』って聞かれるんだが『どう見たってお一人様だろこのヤロウ！』って思うのはきっと俺だけじゃないはず。

なんてバカなことを考えていると、目的の場所に辿《たど》りついた。

「さ、見えてきたぞ」

商店街のアーケードを指差すと、朱莉はぱっと顔をほころばせて俺の手を引く。

「早く行きましょう！」

「ちょっ――」

こうして手を繋《つな》ぐのは三度目。

いい加減、心臓に悪いからやめて欲しい。


商店街に着くと、土曜日だけあって多くの人が歩いていた。

この商店街は通称シリウス通りと呼ばれていて、全長は約五百メートルにわたる。

その全てがアーケードに覆《おお》われていて、天気を気にせず買い物ができることもあり昔から市内の人気スポットの一つとして認知されている。

その辺の商業施設と比べても引けを取らない店舗数を構え、特に主婦や家族連れに人気がある場所だが、近年は若者を呼び込もうと人気チェーン店などの誘致に力を入れていた。

一応念のため、知り合いがいないか辺りを見回した時だった。

「ん――？」

一瞬、少し離れた電柱の辺りに人影が見えたような気がした。

しばらく様子を窺《うかが》うが、特に変わったところはない。

「気のせいか……」

「どうかしましたか？」

「いや、なんでもない。それで、まずはなにを見たいんだ？」

「お風呂用品とお部屋着が見たいです。後は適当にお店を見て、欲しい物があれば」

「わかった。じゃあまずはドラッグストアかな」

商店街にはいくつかのドラッグストアがあるが、一番近い店に足を運ぶ。

朱莉はシャンプーとコンディショナー、ボディソープなど迷わず手に取る。普段から使っているものなんだろう。詰め替え用も合わせて買うあたりしっかりしてる。

他にも化粧品コーナーでいくつか物色。

会計を済ませて店を出ると、次に向かったのは某アパレルチェーン店。

ローコストとバリエーションに富んだ品揃えで若い世代から支持されている店。男性物よりも女性物を中心に扱っていることもあり、午前中から多くの女性がいた。

「颯人さんは、女性のお部屋着の好みとかあります？」

「いや……特には」

部屋着の好みってなんだよ。

下着の好みなら大いにありだが、部屋着なんて初めて聞いたぞ。

「では、好きな色は何色ですか？」

「俺の好みに合わせようとしてるなら気にしなくていいぞ」

「気にします。一緒に暮らすのですから、相手に合わせることも大切です」

言っていることはごもっともなんだが、たぶん合わせる努力の方向性が違う。

そういうのはこう、生活スタイルとか食事の好みとかじゃないだろうか？

朱莉は俺をじっと見つめながら返事を待つ。

ああ……答えないって選択肢はないんだな。

「そうだなぁ……前に着てたピンクのワンピースは似合ってたんじゃないか」

「え……」

無難に返したつもりが、朱莉は少し驚いた様子で頬《ほお》を染めた。

「ありがとうございます。今日もあのワンピースの方が良かったですか？」

「いや、今日の服も似合ってるから気にするな」

すると一瞬だけ、もの凄く顔がだらしなく崩れた気がした。

衝撃のあまり思わず目をこすって二度見するが、いつもの笑顔だった。

気のせいか……さっきの人影といい疲れてんのかな……。

「では、部屋着はピンクにしようと思います。いえ、部屋着だけではなく今日買うものは全部ピンクで統一しようと思います。そうします」

「やめてくれ。俺の部屋が一気にメルヘンっぽくなっちまうだろ」

「決定事項です。諦《あきら》めてください」

するとと本当に部屋着だけじゃなくタオルや靴下やスリッパなど、全てピンクで揃え始める。

ちなみに本人は隠していたつもりだろうけど、下着もピンクのレースだった。

まぁ……下着がピンクのレースは悪くない。

「颯人さんはなにか買うものはないのですか？」

「特にないな」

「ではせっかくですから、二人の新しい生活をお祝いしてなにかプレゼントします！」

「いや、悪いからいいよ」

「遠慮なさらないでください。私が差し上げたいんです！」

笑顔を向けて思いっきり詰め寄ってくる。

押しが強すぎる……また答えないとダメなパターンだ。

「じゃあ朱莉が選んでくれよ」

「いいのですか？」

「ああ。プレゼントってのは贈る側が選ぶものだろ？」

「わかりました。任せてください！」

朱莉は気合の入った表情を浮かべながら、男性物のコーナーへ向かう。

俺はその後に付いて行きながら考える――。

朱莉がプレゼントをしてくれるなら、俺もなにか返さなくちゃだよな。不本意だとしても二人の生活の記念というのなら、貰《もら》いっぱなしというわけにもいかない。

お一人様生活をしていて誰かに物をあげるなんて機会はなかったから、なにをあげていいのか全くわからん。街行くカップルどもに心の中で爆弾のプレゼントなら毎日してるが。

困ったな……。

「これにします！」

朱莉が声高らかに差し出したものを見て目を疑った。

「……ボクサーパンツ？」

「はい！」

これしかないと言わんばかりのドヤ顔だった。

そんなドヤ顔ですら可愛いが、なぜそれを選んだ……。

「見た瞬間これしかないと思いました！」

自信満々の柄は、なんとピンク地ベースのさくらんぼ柄。

さっきの宣言どおり、本当に今日はピンク以外を買わないつもりか？

それとも暗に、俺がチェリーボーイだと言いたいんだろうか？

まぁ、そうだけどさ。

「ほ、他に選択肢はないのか？」

「違う柄の方が良かったでしょうか？」

「柄の話じゃない！　パンツ以外はないのかって言ってんだよ！」

思わず大声を出してしまい、周りの女性客が一気に視線を向けてくる。

『あらあら、彼女からのプレゼントかしら？』『最近の高校生はカップルで下着を買いにくるのね』『今晩はその下着でなにをするつもりかしらウフフ？』『リア充死ね』

一部の嫉妬《しっと》に満ちたコメントはさておき、お姉様方が微笑ましい視線を向けてくる。

耐えられん！　なんだこの羞恥《しゅうち》プレイは！

「颯人さんがこの下着を穿《は》いている姿を想像するだけで……ぬふふっ」

「わかった！　もうこれでいいからさっさと会計を済ませて出よう！」

朱莉がちょっと言葉で形容し難《がた》い表情をしていたような気がしたが、それどころじゃない。

慌てて朱莉の腕を掴んでレジへ直行する。

まぁ、この前パンツが一枚なくなっていたし、ありがたく貰っておこう。

そう無理やりポジティブに考えながら、二軒目での買い物は終わった。

お昼すぎ、腹が空いた俺たちは休憩も兼ねて近くのパスタ屋へ入った。

商店街の一角にあるこの店は古くからあるパスタ屋で、昔から夫婦二人で切り盛りをしている。洋風のレトロな建物で、どことなく雰囲気のある人気店。

夫婦が飼っている老猫がお客を出迎えてくれるのも人気の一つで、お客さんが来ると小さく鳴いて知らせてくれるため、ドアに来客を知らせる鈴を付ける必要がないらしい。

中学までは友達とよく来ていたが、一人で入るにはハードルが高く久しぶりだった。

「いいお店ですね」

朱莉は気に入ったらしく、店内を興味深そうに見渡している。

すぐにウエイターが注文を取りに来てくれて、俺はベーコンとほうれん草のパスタを、朱莉はカルボナーラと飲み物を頼んだ。

しばらくして注文した品が運ばれてくると、朱莉は目を輝かせながら口に運ぶ。

「美味《おい》しいです！」

「そいつは良かった」

それから俺たちはゆっくりと昼食を味わった。

「そう言えば、役割についてなんだが」

食べ終わった頃、食事のことで思い立ち朱莉に話しかける。

「晩飯の用意はどうする？　どちらかの負担になっても悪いし交互に作るか？」

そう提案すると、朱莉の顔からフッと笑顔が消えた。

あれ？　俺なんか変なこと言ったか？

「お料理……ですか」

なんだか思い詰めたような声で呟く。

なんだろう。一気に場の空気が重くなった気がするというか……。

踏んじゃいけない地雷を思いっきり踏み抜いたような予感。

「できれば、お料理を作るのは遠慮させていただきたいです……」

「苦手なのか？　それなら俺が作るよ。掃除も洗濯もしてもらってるしな」

すると朱莉は、少し悩んだような素振りを見せて話し始めた。

「苦手と言いますか、刃物を持つことに少し抵抗がありまして」

「抵抗？　怖いとか？」

「どちらかと言いますと、怖いのは私ではなく周りの方と言いますか……」

思わず首を傾《かし》げてしまった。

伝わらないのがわかったのか、朱莉は続ける。

「その……私、刃物を持っている時のことをあまり憶えていないのです」

とんでもない告白だった。

「き、記憶がないってことか……？」

「はい。ずっと前に、家族に料理を振る舞おうとしたことがあったのですが、気が付いた時にはベッドで横になっていて……それ以来、刃物を持たせてもらえないのです。大好きだったおばあちゃんの最後の言葉で、朱莉は包丁だけは持っちゃいけないと言われて……」

「そ、そうか。わかった。まぁ外食でもいいしな」

「ありがとうございます」

思いっきりバイオレンスな予感しかしないんだが……。

とりあえず、おばあちゃんの遺言だけは守ろうと誓った。


その後、俺たちは飲み物を片手に気ままに商店街を見て回る。

朱莉は時折、物珍しそうにお店のウインドウを眺めては楽しそうにしていたが、適当に買い物をしているうちに気が付けば時間は夕方の四時すぎ。

「結構いい時間になったな」

「そうですね」

「少し早いが、そろそろ帰るか。家のこともやらなくちゃだしな」

「あの――」

俺がそう提案すると、朱莉がなにか言いたそうにしている。

「この辺に、城址《じょうし》公園がありませんでしたか?」

「城址公園? あぁ……あるけど、知ってるのか?」

「実は昔……小さな頃なのですが、何度かこの街に来たことがあるんです。その時に桜を見にきた記憶があって、確かこの辺りだったと思うのです」

朱莉は懐かしそうに口にする。

その姿は、どこか憂いさえ帯びていた。

「……少し歩くけど行ってみるか？　桜もちょうど見頃《みごろ》だと思うぞ」

「いいのですか？」

「ああ。俺も久しぶりに行ってみたい」

「ありがとうございます」

笑顔を浮かべる朱莉を連れて、城址公園へと向かう。

それから十五分ほど歩くと、視界には城址公園のシンボルである城と桜が見え始めた。

周りはお堀に囲まれていて、正面の橋を渡って中に入る。中には整備がされた敷地が広がっていて、中央の広場をぐるりと囲むように無数の桜の木が立ち並んでいた。

「わぁ……」

朱莉は桜を眺めながら、感嘆の声を上げた。

「ここで合ってたか？」

「はい……ここです」

朱莉は小走りで広場の中央へと向かい、辺りをぐるりと見渡す。

俺も少し遅れて朱莉に歩み寄る。

「ここの桜はいくつか種類があるんだ。二月下旬から開花する河津桜と、三月下旬に開花するソメイヨシノ。その後に咲く大山桜ってのがあって、結構長期にわたって楽しめるんだ」

朱莉は無言で桜を見つめていた。

説明が聞こえていなかったのかと思い朱莉の顔を覗《のぞ》く。

すると、瞳《ひとみ》が僅《わず》かに涙でにじんでいるように見えた。

もしかしたら、沈みかけの夕日がそう見せたのかもしれない。

俺たちはしばらくの間、黙って美しい桜を眺め続けた。

「連れてきてくださって、ありがとうございました」

どれくらいの時間だっただろうか？

不意に朱莉がそう口にして、俺に視線を向けてくる。

「気にするな。小さい頃は毎年家族で花見に来ていたことを思い出した。おかげで俺も懐かしい気持ちに浸れたよ。たまにはこういうのも悪くないかもな」

朱莉が現れなければ、きっとこんな機会もなかっただろう。

「最後に来たのはいつだったかな。母さんがまだ生きていた頃だから――」

思わず言いかけて、口を噤《つぐ》む。

「……快斗さんから、伺っています」

「……そっか」

そりゃそうか。レンタル家族の契約は俺の世話をするため。一人暮らしの男子高校生の世話となれば、母親はどうしたんだって話になるだろう。

別に隠すことでもない。

「母さんが亡くなったのは十年前——その時のことは正直、あんまり憶えてない。その後の親父との二人暮らしが大変だったことの方が憶えてるくらいさ。今はあんな親父だけど、当時は外資系企業で仕事をバリバリこなすエリートサラリーマンだったらしい。母さんが亡くなってからも親父は仕事が忙しくてな、あんまり家族らしい生活はしてこなかった」

朱莉は黙って俺の話に耳を傾けている。

「だからって、別に親父に対して思うところはない。おかげで一人で生きていく術はそれなりに身についた。最低限、父親らしいことはしてもらったし感謝してるくらいさ」

「今の話を快斗さんが聞いたら、きっと喜ぶと思います」

「いやいや、ないだろ。好きに生きたくて山籠《ご》もりするような親父だぜ？」

そう言って笑って見せるが、朱莉は真剣な表情をしていた。

「悪い。しんみりさせちまったな。帰ろうぜ」

いつ以来だろうか？　こうして自分のことを誰かに話すのは。

中学時代、まだ自分に友達と呼べる存在がいた頃、親友と呼べる仲間がいた頃ですら滅多《めった》に話さなかったことだ。話そうとすら思わなかったこと。

それを出会って一週間の女の子に話すなんてどうかしてる。

自分らしくない——そんなことを思いながら帰路についた。

＊

家に着いたのは六時すぎだった。

帰り道、今日の晩飯は買って食べようという話になり、俺は近くのお弁当屋さんに向かい、部屋の掃除をしてくれるという朱莉には、鍵《かぎ》を渡して先に帰ってもらった。

俺はから揚げ弁当、朱莉の分はハンバーグ弁当を買い足早に部屋に戻る。

「ただいまー」

ただいまなんて口にするのはいつ以来だろうか？

ちょっとばかし照れくさくなりながら部屋に入ると。

「……あれ？」

先に帰っているはずの朱莉の返事がない。

おかしいなと思いながら部屋に足を踏み入れた時だった。

「……なにしてんだ？」

思わずそんな言葉を掛けずにはいられない。

朱莉はクローゼットに頭を突っ込み、お尻《しり》だけこちらに向けていた。

「は、颯人さん――!?」

朱莉は慌てて頭を出してクローゼットを閉める。

「クローゼットの中も埃《ほこり》が溜まっていたので掃除をしていました」

まるで何事もなかったかのような笑顔でそう言った。

あまりにも笑顔が眩《まぶ》しすぎて目を逸らしたくなる。

「そうか……そんなとこまでやってもらって悪いな」

「いえいえ。これもレンタル家族としてのお仕事ですから」

てっきり俺の部屋を漁っていたのかと疑ってしまうところだったが、頼むからそこだけはやめてくれ。俺の秘蔵コレクションの隠し場所なんだが……バレてないよな?

そんなことを思いながら弁当と荷物を置き、思わずソファーに崩れ落ちる。

座った瞬間、それまで感じていなかった疲れが押し寄せてきた。

「ふぅ……」

「お疲れ様です。荷物を全部持っていただいてありがとうございました」

「あぁ、気にするな……」

たぶん、この疲れは荷物を持っていたからじゃない。

この一年間、こんなに長時間外出をすることはなかった。一人の時は買い物なんて必要最低限だったし、用事が済めば即帰宅。しかも可愛い女の子と二人きりなんて初めて。

さらには、女の子に下着を買ってもらうという、とんだ羞恥プレイに晒《さら》されてしまったせいだろう。

……確実に気疲れだろこれ。

「お弁当を食べます？　それとも先にお風呂に入りますか？」

荷物を片付けた朱莉が部屋に戻ってきて口にする。

「あー……そうだな。先に風呂に入ろうかなぁ」

風呂に入ればこの疲れも少しはマシになるだろう。

「もうお湯を張り始めています。すぐに溜まると思いますよ」

「準備がいいな。じゃぁ入ってくるわ」

なんとか重い腰を上げる。

「着替えと下着は洗面所に置いておきましたから」

「なにからなにまで悪いな。ありがとう」

そう告げ、俺は洗面所へと向かった。

「はぁぁぁぁ……」

風呂に入り、さっそく頭を洗いながら思わず声が漏れた。

風呂は心の洗濯とはよく言ったもので、一日の気疲れが吹き飛ぶようだ。

とはいえ、これから毎週末これが続くのかと思うとやはり気は重い。

いや、今は考えるのをやめよう。

風呂の時くらいは――。

「失礼します」

「うおおおおい⁉」

いきなり風呂のドアが開き、誰かが入ってきた。

いや誰かって朱莉しかいないんだが、頭を洗ってる最中で目が開けられない。

「なに入ってきてんだよ！」

「お背中を流しに参りました」

「はぁ⁉　いやいやいや、風呂は別って決めただろ！」

「安心してください。お背中を流しにきただけで一緒に入っているわけではありません。どちらかといえばそれを口実に覗きにきたようなもの。ルール外のぎりぎりセーフラインです」

「ぎりぎりセーフじゃねぇよ！　覗きもアウトだよ！　なんだその謎《なぞ》理論は！」

「これも一つの家族の形。では、失礼します」

「待て待ってくれ！　こっちは裸なんだ、せめて隠すものを！」

「安心してください。私も裸です」

「は……？」

嘘《うそ》だろ……？

……マジで？

「嘘です」

嘘なのかよ！

一瞬期待しちまっただろうが！

「安心してください。水着です」

水着⁉　ワンピースかビキニか⁉

いや、この際どちらでも——。

「嘘です。普通に服を着ています」

「なんでそんな残酷な嘘を吐くんだ！」

さすがに心の声が漏れるだろうが！

「それこそ完璧《かんぺき》にルール違反です。私としては、ルールを破ったら颯人さんが私にどんなお願いをするのか興味があるので、いっそルールを破ってしまいたいくらいですが信頼関係って大切ですよね。ここはぐっと堪え、ルールを守ろうと思います」

「信頼関係を大切にするなら今すぐ出て行ってくれ……」

「では、覚悟を決めてくださいね！」

朱莉は制止も聞かず、鼻歌混じりに俺の全身をくまなく洗ってくれたのだった。

頼むから前だけはやめてくださいお願いします。


「全くもって休まらなかった……むしろ余計に疲れた……」

俺が風呂を出ると、今度は朱莉が風呂に入って行った。

入りがけに『私は颯人さんがルールを破っても全く気にしません。家族としてのスキンシップがしたくなったらいつでもどうぞ』と言っていたが、どこまで本気なんだろうか……。

朱莉にしてみたら一緒に風呂に入るのをルールにしようとしていたわけだから、仮に俺が自制心を失って突撃しても、言葉のとおり気にはしない可能性が高いだろう。

いきなりルールが機能していないんだが……風呂覗いていいとか女神かよ。

なんてことを考えながら、風呂上がりにも拘らず放心状態。

「家族って大変なんだなぁ……」

本当、しみじみと実感してしまう。

一般的な家族ってやつは毎日こんなハードなイベントをこなしているのか？

確認したいが、幸か不幸か、俺にはそんなことを聞ける友達はいない。

もしこれが正しい家族のあり方なんだとしたら、家族大勢で暮らしている奴はそれだけで尊敬できる。お一人様生活を愛する俺には、ちょっと耐え切れそうにない。

そんなことを考えている時だった。不意に部屋のインターホンが鳴る。

時計に目を向けると夜の七時すぎ。

「こんな時間に誰だ？」

そう思いながら重すぎる腰を上げ、玄関を開けた時だった——。

「うおっ——!?」

開いた隙間からギラリと光ったなにかが侵入し、とっさにかわす。

次の瞬間、ドアの隙間から手が伸び、思いっきりドアを開かれた。

数歩下がって正対すると、そこには裁《た》ちばさみを持った小さな女の子の姿があった。

「だ、誰だおまえは……？」

女の子は瞳の奥に殺意を込めてこちらを見据える。

明らかな異常者に恐怖を堪《こら》えて声を掛けた。

「……んで」

「なに？」

「死んで……死んでくれないのなら、せめて切り落としてやる！」

どこの部位をだよ——！

真っ直《ます》ぐ向かってくるはさみを右にかわして相手の手首を摑む。

そのまま腕を引き、バランスを崩したところで足を掛けると相手は盛大に転んだ。床に突っ伏す女の子に馬乗りになり、身動きが取れないように拘束する。

「どこの誰だか知らないが、とりあえず縛らせてもらうぞ」

床に押さえつけたまま、女の子が手にしていたはさみを奪う。

首からかけてあったバスタオルをはさみで二つに裂き、暴《あば》れる女の子の手足を縛った。それでも女の子は、反り返ったエビのように跳ねて抵抗の姿勢を見せる。

「解《ほど》け！　この変態！」

「変態はどっちだ。いきなり不法侵入してきてはさみで切りつけるとか猟奇的すぎんだろ」

「いいから解けこのバカ！　アホ！　切り落とすぞ童貞！」

童貞はあっているが。だからどこの部位をだよ。

そんなことを思う程度に冷静さを取り戻した俺は、女の子を抱えて部屋へと放り込む。

改めて不法侵入者がどんな奴か顔を覗き込んでみると、まるで捕まった野良犬《のらいぬ》のようなギラギラした目で俺を睨《にら》んではいるが、よく見ればとても可愛らしい顔をしていた。

髪は短いながらに柔らかそうでふわふわしていて、幼いながら整った顔立ちに下がり目の瞳と長いまつ毛が印象的。こうして睨んでなければ愛嬌《あいきょう》のある顔だろう。

どこか見覚えがあるような気もするが気のせいだろうか？

仕方がない。スマホを片手に警察へ通報しようとした時だった。

「とてもいいお湯でした……」

「ぶはっ！」

声が聞こえて振り返ると、そこにはお風呂上がりの朱莉の姿。

だがとんでもないことに、その体を覆うのは小さめのバスタオル一枚だけだった。

「なんで部屋着を着てこないんだ！　今日買ったばかりだろ！」

「お風呂上がりは暑くて……すぐに服なんて着られないですよ」

どこかぽーっとした様子で顔を火照らせながら口にする。

「だからってそんな格好で出てこられても困るだろ！」

「減るものじゃないですし遠慮なくご覧ください。家族なんですから」

家族がどうとかの問題じゃなく、さすがに目のやり場に困る。

なんていうか、スタイル良いんだよこいつ……すらっとしていて、出るとこ出ていて、それでバスタオルだろ？　体のラインがもろな上に紅潮していて色っぽすぎる。

くそ……俺の中の天使と悪魔がノーガードで殴り合いの喧嘩《けんか》をしている。

お一人様とはいえ俺だって健全な高校生。悪魔が勝利しかけた時だった。

「お、お姉ちゃん……」

すると、縛り上げていた女の子が口にした単語に、悪魔が驚きのあまり手をとめた。

そこを見逃さず、チャンスとばかりに天使が渾身《こんしん》のアッパーで勝利したのだが。

「え——雫《しずく》⁉」

見つめ合う二人。

「最悪だ……」

状況を理解し、思わず頭を抱える。

「そんな……この男もお風呂上がりで、お姉ちゃんもお風呂上がりなんて……すでに事後ってことなの⁉　事後でしょ！　事後なのね！　いやあああああああ！　お姉ちゃんの処女が！　私が貰うはずだったお姉ちゃんの処女があああああああああああああああああああ！」

「事後じゃねぇよ！　いいから黙れこの変態！」

思わず少女の頭をひっぱたいて叫ぶ。

「やっぱり殺す！　それがダメならせめてあんたの股間を切り落とさせて！」

「切り落とすってそこかよ！」

股間の危険を感じる俺と、驚きに言葉を無くす朱莉。

不法侵入者は、朱莉の妹だったらしい。

この姉妹《しまい》はどうなってんだ……あぁもう、今日は本当に散々だ。

「で、この変態かつ不法侵入者は、朱莉の妹で間違いないんだな?」

「はい……申し訳ありません。妹の雫がご迷惑をおかけしました」

エビ反っている妹の隣で、ピンクの部屋着を着た姉は土下座をしている。

「一歩間違えればシャレじゃ済まなかったかもしれない」

「当たり前でしょ。本気で殺すつもりだったんだから」

「あなたはちょっと黙っていなさい」

朱莉は極寒のブリザードみたいな冷たい瞳と声音で妹を叱責する。

妹はなにかに怯《おび》えるように、顔を青白くして黙り込んだ。

「颯人さん、お怪我《けが》はありませんか?」

「大丈夫だ。とっさのこととはいえ女の子相手に失態を犯すほど間抜けじゃない。一人暮らしをしていると、いつどこでなにが起こるかわからないからな。最低限の心得はある」

そう口にすると、朱莉は安堵《あんど》の溜め息を吐いた。

「妹の不始末は姉の責任です。颯人さんが望むのならなんでもします。言葉のとおり、仰《おっしゃ》っていただければなんでも。今すぐ脱げと言われれば脱ぎますし、一生お世話をしろというのなら将来いい会社に入って養って差し上げます。専業主夫とかいかがでしょう⁉」

おかしいな。

謝っているはずなのに、後半は嬉々《きき》として提案してきたんだが。まさか朱莉はダメな男をヒモとして養いたい願望でもあるんだろうか？　ちょっと将来が心配だ。

「脱がなくていいし世話もしなくていい。専業主夫には興味がない。そんな冗談はいいからとりあえず紹介してくれよ。妹じゃ警察に突き出すわけにもいかない。話くらい聞くさ」

「あ……ありがとうございます！」

朱莉はまた全力で土下座した。

「雫。あなたも颯人さんに謝りなさい」

「ちっ……死ね童貞」

暴言を吐いた瞬間、朱莉が妹の頭をひっぱたいた。

「雫。次はありません。謝りなさい」

低音の感情のない声で朱莉が告げると、雫は震えながら。

「ゴ　メ　ン　ナ　サ　イ……」

ロボットみたいに機械的ではあるが、一応謝られたことにしておこう。

「改めてご紹介いたします。この子は月夜野雫。私の妹です。年は二つ離れていて今は中学三年生。その……私が言うのもなんですが、私のことが大好きな重度のシスコンなんです」

うん。なんとなくそんな気はしていた。

「今は実家に住んでいるのですが、どうやら私を追ってきてしまったようです」

「そういうことか」

「この子には私の新しい住所も、颯人さんのことも話していなかったのですが……雫、どうしてここがわかったの？」

「お姉ちゃんのスマホの位置情報がわかるようにしておいたの。でもあれって微妙にずれたりするでしょ？　だからこの辺りを探してたら、お姉ちゃんがこの男と部屋に入るところを見かけて……どうするか悩んだんだけど、お姉ちゃんになにかあってからじゃ遅いと思って」

「そういうことね……」

朱莉は納得しながら頭を抱える。

「結論、この男を殺してやろうと心に誓ったわ」

冗談に聞こえないからマジでやめてくれ。

やってることがストーカーにしか思えない。

「まったくこの子は……」

「だって心配だったんだもん。お姉ちゃん、私になにも言わずに急にいなくなっちゃうし、やっと見つけたと思ったら男と一緒にいるし……」

半泣きで雫が訴えると、朱莉はそっと雫の頭に手を置く。

「黙って出て行ったことはごめんなさい。色々ばたついていて、後でゆっくり説明しようと思っていたの。心配かけて本当にごめんなさいね」

「ううう……お姉ちゃぁぁ～ん……」

朱莉が謝りながら頭を撫でてやると、雫は静かに泣き始めた。

「颯人さん。この子には後で私からきちんと言い聞かせます。どうか今回の件について許していただけないでしょうか？」

「そんな畏《かしこ》まらなくていいって。事情がわかればそれでいい。要は妹が姉を心配してやってきたってことだろ？　そこで知らない男が一緒にいれば、心中穏やかじゃないのは想像できるしな。朱莉じゃないが、家族ってのはそういうもんなんじゃないか？」

ましてやシスコンなら、愛情表現が過剰でも仕方がない……ということにしておこう。

「ありがとうございます」

改めて、朱莉は深々と頭を下げた。

「雫、あなた今晩はどうするつもりだったの？」

「お姉ちゃんを見つけて一緒に帰るつもりだったけど、もし見つからなかったら明日も探そうと思ってホテル取ってある」

「そう。じゃあ今日はそこに帰りなさい。明日、私から連絡するわ」

「お姉ちゃんはどうするの？　この男の家に泊まるわけ？」

「そうよ。大丈夫、颯人さんは私がお風呂で背中を流しても手を出さない、とてもとても紳士的な人なの。残念だけど、バスタオル一枚で迫っても手を出さなかったでしょうね」

おかしい。全く誉められている気がしない。

むしろ男としてバカにされている気がする。

おいおい、俺が手を出さないからって舐《な》めてもらっちゃ困るぜ朱莉さん。プロのぼっちはお一人様を貫くが故に、女の子との面倒なアレやコレを避けて通っているだけ。

その気になったらいつでも彼女なんて作れるし、童貞も容易に卒業できる。

ただし然《しか》るべき場所でお姉様にお金を払う、頭に疑似が付く恋愛だけどな。

「あんた不能なの？」

「不能じゃねぇよ！」

「じゃあアレな感じの人？」

「どっちも違うわ！　なんだその哀れみに満ちた瞳は！」

どっと疲れた。

もう疲れ切った……今すぐ寝たい。

「わかったら、もう帰りなさい」

「ん……わかった。気を付けてね、お姉ちゃん」

「うん。大丈夫よ。またね」

そんなやり取りをして、雫は朱莉に見送られて帰って行った。

去り際に『手を出したら次こそ切り落とす！』と言っていたが、たぶん幻聴だろう。

「なかなかぶっとんだ妹だったなぁ……」

「手の掛かる子です。あの子の面倒はいつも私が見ていたのですが、少し甘やかしすぎたみたいです。そのせいで、あのようになってしまって……」

「いいんじゃねぇの。姉妹仲が良いのは悪いことじゃないだろ」

「はい」

時計に目を向けると時間は八時すぎ。

「まだ早いが、なんだか今日は疲れた……早めに寝たい」

「そうですね。では晩ご飯を食べて早くに寝ましょう」

俺たちは買ってきた弁当に手を付け始める。

それからしばらく箸《はし》を進めると、近所でパトカーのサイレンが聞こえた。

その直後だった。また部屋のインターホンが鳴る。

「ん？　雫が戻ってきたか？」

忘れ物でもしたのか？

そう思いながら玄関を開けると、そこには二人のお巡りさんの姿。

「な、なんすか……？」

「先ほど、こちらに女子高生が拉致《らち》監禁されていると通報がありました」

「……はい？」

「少々中を確認させていただきます！」

部屋に上がり込むお巡りさん。

瞬間、なにが起きているか理解した。

あのクソガキ！　警察に通報しやがったな！

それからは大変だった。

疑いの眼差《まなざ》しで聴取される俺と朱莉。レンタル家族だと説明したところで理解してもらえるはずもなく、とりあえず同じ学校のクラスメイトであり、拉致監禁ではないと訴える。

お巡りさんたちも困っていたが、事件性がないとわかると帰っていた。

帰りがけ『高校生でも彼女いるのに僕なんて二十四年間彼女なしっすよ……』『上には上がいるから気を落とすな。俺は三十年だ』『先輩、魔法使えるんすか⁉』『俺は素人《しろうと》童貞だから魔法は使えないんだ……』うん。この国の警察官は大丈夫だろうか？

二人が悲しみに包まれながら帰った後、疲弊しきった俺たちはソファーでうな垂れる。

「朱莉……マジで妹のこと、なんとかしてくれ」

「はい……本当に申し訳ありません」

「……寝るか」

「寝ましょう……」

そう言って寝室に移動したんだが。

この時、俺はとんでもないことを忘れていたことに気付く。

そうだ——寝る時は一緒のベッドだった。

全身から嫌な汗がぶわっと噴き出る。

「颯人さんは奥と手前、どちらがいいですか」

「いや……別にどちらでも」

「では私が奥で寝ますね。お先に失礼します」

朱莉は平然と口にして、ベッドに横になって布団《ふとん》を掛ける。

マジか……この狭いベッドで、これから一緒に寝ろと？

「颯人さん、どうかされましたか？」

「あ、いや……うん」

朱莉は布団を持ち上げ、おいでと言わんばかりに手招きをする。

「し、失礼します……」

なんとか隣で横になったものの、全く落ち着かない。

風呂上がりのせいか、朱莉からはシャンプーのいい匂《にお》いが漂ってくるし、微妙に肩が触れていて妙に感触を意識してしまう。静かになると心音が聞こえそうになるほど。

やばい。この状況はヤバすぎる。股間の紳士がマーベラス。

「電気、消しますね」

「お、お願いします」

寝室が暗闇《くらやみ》と静寂に包まれる。

緊張のあまり全く寝られずにいると、朱莉がふと呟いた。

「颯人さん。今日はとても楽しかったです」

「そ、そうか。それは良かった」

「不束《ふつつか》者ですが、よろしくお願いしますね」

「こ、こちらこそ……」

しばらくすると、朱莉の寝息が聞こえ始めた。

この状況で普通に寝られるとかマジかよ……いっそ不能であればどれだけ楽か。

結局この日は、朝方まで眠ることができなかった。

*

翌日、俺が起きると時間は十時。

すでに朱莉は起きていて、着替えや化粧も済ませていた。

それどころか洗濯も済ませてくれたらしく、既にベランダに干してあった。

「今日は雫のこともあるのでこれで失礼しますね。来週からはもっとゆっくりできると思います」

「わかった。雫にはくれぐれもよろしく頼むよ……マジで」

「はい。任せてください」

笑顔でそう答えると、朱莉は小さく手を振って部屋を後にした。

「さてと、昨日の洗濯物でも取り込んでおくか」

ベランダへ行き洗濯物を取り込もうとすると、まだ微妙に生乾きだった。

今日は天気もいいし、もう少し干しておけば乾くだろう——そう思った時だった。

「あれ……？」

おかしい。昨日穿いていたパンツがない。

昨日、俺が風呂に入っている間に朱莉は洗濯機を回してくれた。間違いなく洗濯機に入れた記憶はあるし、一緒に洗濯をしているはずで、ここに干してなければおかしい。

洗濯籠から移す時に漏れてしまったんだろうか？

洗面所に行って確認したが見当たらない。

そういえば、先週もパンツが一枚なくなったばかりだ。

「もう古いからなくなっても困らないが……」

次に朱莉がきた時にでも聞いてみるか。

こうして、とてつもなく慌ただしいレンタル家族一週目は終わったのだった。

3 変わらぬ日々と、修羅場な日々

新学期が始まって二週目。

クラスメイトたちは徐々に新たなコミュニティを形成していく。

プロのぼっちにとって、新学期は最も注意しなければならないイベントの一つだ。

なぜなら新しい環境というのは、誰《だれ》もが積極的にコミュニケーションを取ろうとする。

普段仲良くない奴《やつ》や初めて顔を合わせる奴とも挨拶《あいさつ》をしたり、話すこともないのにお目当てのグループに入ろうと、まるでトーテムポールのように傍《そば》で立っていたり。

その裏では、お互いのポジションを賭《か》けた牽制《けんせい》のし合いが繰り広げられる。

『あいつとこいつはどっちが上だ？』『俺《おれ》はこいつよりは上だろう』『あいつは敵に回さない方がいい』などなど、無意識のうちにそうやって上下関係を作り上げていく。

一度決まってしまえば覆すのは難しいため、誰もが必死になる裏新学期イベント。

うむ。実にくだらない。

そんな光景を我関せず眺めながら、俺は話しかけられた際、お一人様理論のもと徹底してニュートラルな対応を心掛けた。塩対応と言わないまでも必要最低限のコミュニケーション。

そうしているうちに、クラスの連中は『あ、こいつは違うな』と思ったんだろう。

俺の狙《ねら》い通り、徐々に声を掛けてくる奴は少なくなっていった。

でもまぁ、傍から見たらこんな俺を可哀想《かわいそう》だと思う奴もいるかもしれない。

だが、俺に言わせればそんなことを思う奴の方が百倍可哀想としか思えない。

必死になって作っているその人間関係が、後の人生においてどれだけ意味がある？　貴重な学生時代を人間関係に振り回されながら無駄に過ごすなんて、どうかしてる。

しかも気付くのは大人になってから。

同窓会なんかで言い訳のように思い出を美化するからたちが悪い。

人生の強者とは、今ではなく将来を見据えた行動をとることができる者。

そのための孤独は、一人で生きて行く強さを身につけるための得難《えがた》い経験となる。もし一人で過ごしている同志諸君がいたら、そう胸に刻んでぼっち飯に耐えて欲しい。

未来の自分のための孤独――そう考えられればもはや勝ち組に等しい。

だが、それでもクラスに一人は物好きな奴がいるもので――。

「いってぇ！」

「おっはよーう泉ヶ丘《いずみがおか》君♪」

俺の背中を思いっきりぶっ叩《たた》き、挨拶をしてきたのは戸祭羽凪《とまつりはな》。

三日に一度はこうして挨拶をしてくる物好きすぎる奴だった。

クラスのムードメーカーにして、コミュニケーション能力の塊のような女子。良い意味でも悪い意味でも人を区別しない性格のせいか、こうして俺の孤独耐性をガンガン下げてくる。

「そんな本気で痛がらないでよ。まるでわたしが怪力みたいじゃない」

「誰だって油断してるとこをぶっ叩かれたら叫びたくもなるだろ」

「そっかそっか。じゃぁ次からは声を掛けてから叩くようにするね♪」

「順番の問題じゃねぇよ。そもそも叩くのをやめ――」

「あ、おっはよーう!」

話も聞かず、戸祭は他のクラスメイトのもとへ向かう。

「おはよ」

そしてもう一人、物好きな奴がいた。

「ああ。おはよう」

隣の席の簗瀬《やなせ》みゆき。

戸祭ほどではないが、それなりに友達も多くクラスでも目立った存在。ちょっと軽めのその容姿から交友関係も軽い女子が多いが、クラスの中心人物の一人だった。

前も思ったが、どうして簗瀬が俺に挨拶をしてくるのか全くわからん。この手の女子はむしろ俺みたいな奴は毛嫌いするタイプだろう。隣の席のよしみだろうか？

だとしたら、見た目に反して案外いい奴なのかもしれない。

案外こういうタイプこそ面倒見がいいなんてよくあることだ。

「みんな、おはよう」

そして聞きなれた声と共に教室に入ってきたのは朱莉《あかり》。

朱莉はこの数日でクラスメイトとも仲良くなり、その存在感を増していた。

二人の時は押しが強くかなりずれたところがあるが、クラスメイトに対してはそんなこともなく一般的な優等生と言っていい。クラス委員長としても頑張っていた。

美人で性格が良く、人当たりも良いとなれば男子生徒だけでなく女子生徒からも人気がでるのも当然だろう。戸祭とはまた違った意味で、周りから支持を得ていた。

だが、傍から見ている俺だから気付く――中にはそれを快く思わない奴もいた。

たぶん、当人たち以外で気付いているのは俺だけだろう。

どこかで一度、朱莉に注意を促した方がいいな。

そう思いながら、自分が誰かの心配をしていることにむず痒《がゆ》さを感じる。

少し前の自分だったら、わかっていても我関せずだったのにな。


その日の放課後、俺はいつもどおり一人で帰宅をしていた。

さて、いったいどうしたものか――歩きながら考える。

朱莉のことを快く思っていない女子生徒が数名いるのは間違いない。

女ってのは怖いよな。表向きには仲良くしているんだが、相手がいなくなったとたんに態度を変えたり、本人がいないところでえぐい悪口を言ったり。

一人でいると、そういうところに気付いたり聞こえてきたりしてしまう。

今までだったら気にせず放っておくんだが、朱莉となればそうもいかない。

ただ、この件について朱莉に非はないだろう。

単純に相手の嫉妬《しっと》とやっかみだ。

突然やってきた転校生がクラス委員長に推薦されてクラスで注目を浴びていく。それを快く思わない奴だって一人や二人いて当然だ。転校生への洗礼と言ってもいい。

普通の奴はその辺に気を使うんだが、朱莉は根が純粋すぎて気付かない。

周りに対するアンテナが、致命的に低いように思えた。

「そういう意味では、やっぱり戸祭はすげぇよな……」

本来、戸祭のように絶大な人気を誇る奴が誰からも受け入れられることはありえない。むしろ朱莉のように、一部のクラスメイトからやっかみを買う方が普通だろう。

俺もお一人様生活を始めた当初、クラスで浮いてしまったことがあるからわかるが、普通の連中にとって普通じゃない奴ってのは、少なからず攻撃の対象になるものだ。

ちょっとアイドルに詳しいだけで『ドルオタかよ』とか、アニメに詳しいだけで『アニオタキモ！』なんて言いやがる女子。『ジャニオタとなにが違う！』と言ってやりたい。

好きなアイドルグループの推しメンやアニメキャラのグッズにかけるお金と、ドームでアイドルに黄色い声援を送るために使うお金に優劣なんてありはしない。

向き合う先が違うだけで、そこに懸ける情熱は等しく平等であるはずなのに、結局は理解されるかされないかの問題だけで普通じゃない奴呼ばわりをされてしまうわけだ。

つまるところ、誰もが普通を演じ、普通の中で右に倣え、普通に囚《とら》われて生きている。

それでいて学生らしい趣味や嗜好なんかは、個性という都合のいい言葉で褒め称《たた》えるからタチが悪い。ふざけた青春という名の格差は広がるばかりだ。

戸祭の件でいえば、捉《とら》えようによっては八方美人だと言う奴もいるだろう。

それなのに、そんな悪口は一切《いっさい》ないんだから、ある意味ふざけている。

でも俺にはわかる。どのグループにも属さず傍から眺めていた俺だからわかる。

あいつは一見なにも考えていないように見えて、実は感度の高いアンテナを常に張り巡らせ周りに合わせる努力をしている。しかも、その苦労を一切周りには気付かせない。

まぁ本人が苦労していると思ってなく、素でやっている可能性もあるけどな。

少し話がそれたが、それにしても。

「なんて伝えたもんかなぁ……」

そんなふうに悩んでいる時だった。

不意に目の前に、見覚えのある姿が現れた。

「……とりあえず、その裁《た》ちばさみをしまえ。お巡りさんの世話になりたくなきゃな」

敵意全開でこちらを睨《にら》みつけているのは朱莉の妹の雫《しずく》だった。

「待ち伏せしてたのか？」

「そうよ。何時に学校が終わるかわからないから、かれこれ三時間ほどね」

三時間……ご苦労なこった。

「そいつは悪かったな。お詫《わ》びにお茶でも奢《おご》るぜ」

「だ、誰があんたになんて奢られるもんですか！」

裁ちばさみをこっちに向けて威嚇《いかく》をするんだが、なんていうか犬っぽいなこいつ。

小柄でキャンキャン鳴き叫んでいて、まるでご主人様（姉）をとられて怒っているポメラニアンのようだ。髪がふわっふわだし。ちょっともふもふしていい？

なるほど。すぐキレるポメラニアンと思ってしまえば、別に怖くもなんともない。

人は好きじゃないが動物は大好きな俺にとって、むしろ可愛《かわい》くすら見える。

「まぁそう言うなって。なんならケーキも付けるけど」

「ケ、ケーキ……そんなものにつられる私じゃない！」

なんて言いながら、空いている手で口元を拭《ぬぐ》う。

おいおい。怒りが食欲に負けそうだぞ。

「そうか、そいつは残念だ。俺に話があってきたんだろ？　三時間も立たせっぱなしにして悪かったと思っての提案なんだが仕方ない、お土産も買ってやれないがここで話そう」

「お、お土産……」

「この近くに美味《おい》しいケーキ屋があってな、そこのバームクーヘンが絶品なんだ」

雫の腹からめちゃくちゃでかい音が鳴った。

怒りが食欲に完全敗北した瞬間である。

「そ、そこまで言うならそうね……奢らせてあげてもいいわ」

餌付《えづ》けに引っ掛かるとか、こいつマジアホだろ。

いいぞいいぞ。アホなポメラニアンは大好きだ。

「そいつはありがたい。じゃぁ行くか」

「ええ。さっさと連れて行くがいいわ。そして私に奢るといいわ！」

バカとなんとかは使いよう。

ちょっと言葉の使い方が違うが、こんなところで刃物を振り回されるよりよっぽどいい。

またお巡りさんのやっかいになる前に、雫を連れて店へ急いだ。


店に着き、注文を終えた俺たちは一番奥の席に向かい合って座っていた。

俺はアイスコーヒーを頼み、雫は抹茶オレにイチゴのショートケーキ。

雫にも話したとおりこの店の一番はバームクーヘンなんだが、それは帰りに持たせてやると言ったら二番人気のイチゴのショートケーキを頼んだ。

二番人気は教えていないのに選ぶあたり、犬の嗅覚《きゅうかく》ってやつはすげぇな。

ちなみにバームクーヘンは既に購入済みで、雫の隣に置いてある。

「本当にいいの？　後でお金を払えとか言わない？」

「言わねぇよ。我慢できないなら先に食べていいぞ」

「いただきます！」

お預けを食らっていた犬が『よし』と言われた瞬間のごとくケーキに貪《むさぼ》りだす。よしと言われるまで手を付けないあたり、多少の躾《しつけ》はされているらしい。

だめだ、もう俺にはこいつがポメラニアンにしか見えない。

笑いを堪えて眺めていると、二分も経《た》たないうちにケーキは雫の胃袋へ消えた。

「ごちそうさまでした！」

「はいよ。おそまつさま」

口の周りがクリームだらけなのは愛嬌《あいきょう》だろう。

俺は紙ナプキンを片手に手を伸ばし、雫の口を拭いてやる。

「ん……ありがと」

「どういたしまして」

ちゃんとお礼を言えるあたり、根は良い子なのかもな。

「それで、今日はどうしたんだ？」

そう尋ねると、雫は少し俯《うつむ》きながら呟《つぶや》く。

「その……この前は、お巡りさんに通報してごめんなさい……」

まさかの言葉を口にした。

「おいおい、どうしたんだ？　今日はずいぶん素直じゃねぇか」

「お姉ちゃんに怒られたの……ちゃんと謝りなさいって」

ああ、そういうことか。

この前の感じを見るに、雫は朱莉に怒られるのが相当苦手なんだろう。

俺のことを毛嫌いしているはずなのに、朱莉に怒られたとはいえ謝りにくるなんて案外素直というか、可愛いところもあるじゃないか。

「気にするな。大好きなお姉ちゃんが知らない男と一緒にいれば、変な気を起こしちまう気持ちもわからなくはない。やりすぎな気もするが妹としては正しい行動なんじゃねぇの？」

「知ったふうな口をきかないで。私が今日きたのは謝るためだけじゃない」

一転して顔色を変える。

「お姉ちゃんから全部聞いたわ。レンタル家族契約を今すぐ解消して」

口調は重く瞳《ひとみ》は鋭く、明確な敵意を向けてくる。

右手をバッグの中に入れているのは、裁ちばさみを取り出すためだろう。

雫がいかにウルトラダイナミックなアホの子でも、こんなところで変な気を起こすとは思えない。これは警告の意味を込めた意思表示と捉えるべきだろう。

解消しないのなら、容赦はしないと。

「「…………」」

しばらく無言で見つめ合い、俺は大きく溜め息を吐いた。

「本音を言えば、解消できるものならしてやりたいさ」

「……どういう意味よ」

「聞いてるかもしれないが、レンタル家族契約は俺が決めたことじゃなくて、朱莉と俺の親父の間で決められたことなんだ。言ってしまえば朱莉と親父が結んだ契約で、俺の意思だけじゃどうにもならん。俺も朱莉に解消を提案したんだが断られたよ」

「……」

「だから、どうしても解消させたいならお姉ちゃんに言ってくれ」

俺が答えると、雫は困った様子で俯いた。

「何度も言ったわよ……でも、ダメだったからあんたに会いにきたのに……」

そう呟く声は、僅《わず》かに震えているようだった。

そりゃそうか。雫が朱莉をとめないわけがない。

「悪いな……期待に応《こた》えてやれなくて」

行動がエキセントリックすぎるだけで、雫なりに姉を心配してのこと。

そう思うと、少しだけ雫が可哀想に思えてしまった。

「わかったわ」

すると不意に、覚悟を決めたような口調で話し出す。

「契約が解消できないのなら、強制的に無効にするまでよ……」

低く響く声に、全力で嫌な予感がした。

瞬間、雫はバッグから裁ちばさみを取り出して叫ぶ――。

「あんたを殺して私も死ぬわ！」

「どこの昼ドラのヒロインだおまえは！」

店内の店員とお客さんが一斉に俺たちに視線を向ける。

俺は慌てて雫を担《かつ》ぎ上げ、レジに札を置いて一目散でケーキ屋から飛び出した。

お釣りを貰《もら》ってる暇なんてなかったよ。

「ったく……場所を選べ場所を……」

雫を担いだまま近くの公園まで全力ダッシュした俺は、息も絶え絶えにぼやく。

気が付けば辺りは日が落ちて薄暗く、公園の灯りがつき始める時間だった。

「こうなったらもう、最終手段よ……」

疲れ切った俺をよそに、雫はまた決意に満ちた瞳を向ける。

「もう私には、二人の契約を解消させることはできない。だから――」

上げた顔は、全《すべ》てを覚悟した人間のそれだった。

「なっ――!?」

不意に雫は着ていた制服のシャツのボタンを全て外す。

その場にシャツを脱ぎ捨て、パステルカラーの黄色い下着と姉ほど豊かではない胸元が露《あら》わになる。透き通るような白い肌が、こんな暗闇《くらやみ》でさえはっきりと浮かんでいた。

なにしてんだ――!?

とめようとする間もなく雫が叫ぶ。

「私があなたの犬になるわ――!」

夜の公園にとんでもない言葉が響き、俺の思考がとまった。

とめようと伸ばした手が、掴《つか》みどころを失って宙に浮かぶ。

「あんたが望むなら、犬でもメイドでも性奴隷でもなんでもなる！　だから、お願いだからお姉ちゃんの処女だけは！　処女だけは堪忍して！　私が代わりに全てを捧《ささ》げるわ！」

かつてないほど深い溜《た》め息《いき》が出た。

「私は……本気よ！」

雫はそう口にすると、俺の手を掴んで自分の胸に押し当てた。

小さいながら下着の上からでも柔らかな感触が手のひらに伝わってくる。だが、初めて女の子の胸を触った感触を喜ぶような気分にはなれなかった。

「おまえなぁ……」

いい加減にしろよ。このバカが……。

その覚悟があまりにも斜め上すぎて、呆《あき》れを通り越して怒りすら覚える。

俺は胸から手を離し、ふざけたことを口にする雫の頰《ほお》を掴んだ。

「そういう台詞《せりふ》はな、本気でも言っちゃダメだ」

「むぐぅ………」

俺は思いのほか真剣に言っていたらしい。

雫は驚いた表情で押さえられた口をパクパクさせながら黙り込む。

「おまえが本気で姉ちゃんのためを想《おも》って言ってるのはわかる。だけどな、言っていいことと悪いことがあるだろ？　おまえの提案を俺が受け入れたら姉ちゃんはどう思う？」

雫は眉《まゆ》をひそめて目を逸らす。

「私の代わりに全てを捧げてくれてありがとう、なんて言うと思うか？　自分を大切にできない奴が、相手を大切にしてやれるはずないだろ」

自分で言っておいてなんだが、大切な人なんていない俺が言っても説得力ゼロだろ。

だが、俺の事情なんて知らない雫にとっては、それなりに効いたらしい。

「……ごめんなひゃい」

口がタコさん状態のまま、小さく呟いた。

「神に誓って朱莉に手を出すことはない。どちらかといえば俺の方が手を出されるような気がしなくもないが、全力で逃げ切ってみせる。だから心配するな」

後半の言葉はいまいち伝わらなかったみたいだが、雫は小さく頷《うなず》いた。

大人しくなった雫に安堵《あんど》し、ポケットからスマホを取り出して朱莉にかける。

『はい。朱莉です』

「悪いなこんな時間に」

『いえ、どうされました？』

「実はな、雫が訪ねてきて今一緒にいるんだ。悪いけど出てこられるか？」

『わかりました。すぐに伺《うかが》います』

朱莉に居場所を告げて通話を切る。

それから朱莉がくるまで俺たちはベンチに座って待っていたが、朱莉が到着するまで雫が口を開くことはなかった。

朱莉がきたのは二十分後。

朱莉はくるなり雫に厳しく言い放った。

「雫、また颯人《はやと》さんにご迷惑をおかけしたの？」

「ああ、いや、違うんだ」

「違う？　なにがでしょう？」

「雫は俺に謝りにきたんだよ。それで話し込んでて、いい時間になっちまってさ」

そう説明すると、朱莉は納得したようだった。

かなり端折《はしょ》ってはいるが、概ね間違いはない。

「今日は朱莉の部屋に泊めてやれないか？　明日の朝一で帰れば学校にも間に合うだろ」

すると、朱莉はなにかを察したんだろう。

「……わかりました。雫、一緒に帰りましょう」

朱莉が声を掛けると雫は小さく頷き、朱莉に抱き付いた。

「颯人さん、ありがとうございました」

「別になにもしてないけどな」

俺がそう答えると、雫がなにか言いたげに見つめてくる。

「諦《あきら》めないから……絶対に」

「おう。せいぜい頑張ってみな」

ただし、やり方は間違えるなよ——とは今さら言う必要もない。

「颯人さん、本当にありがとうございました。今日はこれで失礼しますね」

「ああ——いや、ちょっと待ってくれ」

雫を連れて帰ろうとした朱莉を呼びとめる。

「なんでしょう?」

「こんな時にする話でもないんだが、ちょっとだけいいか?」

「はい。もちろんです」

俺は朱莉を連れ、雫から少し離れたところで口にする。

「あのさ、クラスメイトたちについてなんだが……」

なんて言うべきか。

散々考えたが、オブラートに包んだ言い方が見つからない。

いや、ここで濁しても仕方がないだろう。

「気を悪くしないで聞いてくれ。たぶん、朱莉のことを快く思っていない奴がクラスに少しいると思うんだ。だから、立ち回りについて少し気を付けた方がいい。なんていうか……朱莉はクラスに馴染《なじ》んで上手《うま》くやってるだろ?　そういうのを妬《ねた》ましく思う奴もいる」

すると朱莉は小さく頷き。

「心配をしてくださってありがとうございます。ですが大丈夫です」

思いのほかあっさりと笑顔でそう答えた。

その笑顔に、僅かに違和感を覚える。

伝わらなかったんだろうか？

「颯人さん、私からも一つ、お伺いしてもよろしいでしょうか？」

「え？　ああ、なんだ？」

「失礼なご質問かもしれませんが……颯人さんはクラスで孤立をしているように見えます。私が知っている二人の時の颯人さんとは明らかに違うので、少し気になっています」

一瞬、戸惑ってしまった。

いつかは聞かれるだろうとは思っていたが、まさかこのタイミングだとは。

いや、唐突なのはお互い様か——。

「俺はさ、高校に入ってからずっと一人ですごしてきたんだ」

隠すことなく話そうと思った。

「色々あってさ、人とつるんだり群れたりすることを避けてきた。友達ができないんじゃなくて、作らないだけって言ったら強がりに聞こえるかもしれないが、事実、あえて作らないように周りと接してきた。一人でいる方が気楽ってのもあってな」

朱莉は黙って俺の言葉に耳を傾け続ける。

「去年一年間はそんなふうにすごしていたから、クラスの連中もあえて俺に絡んでこようとはしない。俺はそんな現状に満足しているし、これからも友達を作るつもりはない。朱莉からしてみたら異常に見えても仕方がないかもな」

一通り説明を終えると、朱莉はなんとも言えない表情をしていた。

「ありがとうございます。お話をしていただいて」

そう言って深々と頭を下げた。

朱莉は頭を上げると雫に歩み寄り、その手をそっと握る。

「帰りましょう――颯人さん、失礼します」

「ああ、ちょっと待ってくれ」

俺は手にしていた紙袋を雫に渡す。

「ほれ。約束のバームクーヘンだ。朱莉と一緒に食べな」

「……ありがと」

雫は紙袋を受け取ると、朱莉の背中に隠れた。

「では失礼します。おやすみなさい」

「おやすみ……」

公園を後にする二人を見送る。

少しだけ、複雑な思いだった。

自分が一人でいる理由を、こうして誰かに話したのは初めてのこと。

この気持ちはなんだろう。言葉で形容できない複雑さが胸を締める。

「ん……?」

その時だった——暗がりの向こうに、人影のようなものが見えた気がした。

目を細めて辺りを見渡すが誰の姿も見えない。

「気のせいか……」

やっぱ疲れてんのかな……。

そんなことを想いながら、部屋に帰ったのだった。

*

そして金曜日。明日は朱莉がやってくる週末。

このくらいの時期になると、ほぼクラス内でのグループが決まる。

特に顕著なのは女子——うちのクラスでは、大きく二つのグループに分かれていた。

一つは朱莉を中心とする、比較的真面目《まじめ》な女子のグループ。

転校生でクラス委員長というポジションは多くのクラスメイトから人気と信頼を集め、気が付けば周りに人を集めて中心人物となっていた。

もう一つは俺の隣の席の簗瀬を中心とする、やや軽めの女子グループ。

化粧が派手でノリが軽く、今時の女子高生と言うべきか？　正直、俺の得意ではないタイプの女子の集まり。座り方が雑で普通にパンツとか見えているのはサービスだろうか？煩悩にまみれた男たちにパンツを見せてやることで、内に秘める欲求を発散させ性犯罪の低下に貢献しようとしているのだとしたら、彼女たちの献身性に頭が下がる。

それはともかく、お察しのとおり、二つのグループはあまり仲が良いとは言えない。

朱莉のことを快く思っていない女子生徒がいるのも後者のグループだった。

ちなみに男たちは俺を除いて皆仲が良く、バカ話で和気あいあいとしている。

そんな中、俺は一人複雑な思いを引きずっていた。

理由は言うまでもない――この前、朱莉に尋ねられた件について。

同じクラスならいずれ疑問を持たれると思っていたし、その時は話そうと思っていたこと。

だが、話したことを思った以上に気にしている自分がいる。

一人の時には、こんな気持ちにならなかったのに――。

「おっはよーう泉ヶ丘君♪」

「ぐはっ！」

やっぱり背中をぶっ叩かれた。

「戸祭……頼むから挨拶の度にぶっ叩くのはやめてくれ。そのうち折れる」

「今日はちゃんと挨拶してから叩いたでしょ？」

「いやだから、順番の問題じゃないんだって……」

切実に訴えると、戸祭はぶりっこ全開で『ゴメンゴメーン♪』と口にした。

謝らなくていいから叩かないでくれ。

「さっきからぼーっとしてるけど、女の子の下着でも覗いていたのかな？」

なぜバレた。ちょっとだけなのに。

「俺がぼーっとしてるのはいつものことだろ？」

「そう？　じゃぁ虚《うつ》ろな顔して誰を見つめてたのかな～？」

からかうような笑顔を浮かべながら俺の顔を覗き込む。

「……気のせいだろ」

近い。近すぎる。ちゅーされても文句言えない距離だぞおまえ。

それはともかく、無意識に朱莉を目で追ってしまっていたんだろうか？

俺は何事もなかった素振《そぶ》りで視線を窓の外に向ける。

「ねぇねぇ泉ヶ丘君」

「なんだ？」

至って冷静に返す。

お一人様理論その②　周りに対しては常にニュートラルに。

そう自分に言い聞かせ、平常心を取り戻そうとした時だった。

「日曜日、わたしとお出かけしない？」

「ぶはっ――！」

取り戻しかけた平常心が砕け散った。

「……誘う相手を間違えてないか？」

散らばった平常心を慌ててかき集め、努めて冷静に返す。

「間違えてないよ？　つまりね、わたしとデート――」

戸祭が致命的な単語を口にしようとした瞬間、俺は遮《さえぎ》るように大きな音を立てて席を立つ。

「悪いな。他を当たってくれ」

その場を立ち去ろうとした時だった。

戸祭は俺の耳元をくすぐるように呟く。

「月夜野さんのことについて、お話がしたいんだよねぇ♪」

思わず足をとめてしまったことを後悔した。

リアクションを示してしまった時点で、もはや言い訳は通用しない。

振り返ると、戸祭は意味深な笑顔を浮かべて俺を見つめている。

俺に残された唯一のお一人様生活——平穏な学校生活が、終わる予感がした。


昼休み。俺はいつものように屋上に来ていた。

「戸祭の奴、なにを考えてんだ……」

以前から摑みどころのない奴だとは思っていたが、こんなことになるとは。

思わず空を見上げる。

雲一つなく嫌になるくらい美しい青空が広がっていて、まるで俺の心境をあざ笑うかのようで恨めしい。新学期が始まってからトラブルばっかりだ。ちくしょう。

「愚痴っていても始まらねぇか……」

戸祭が口にした『月夜野さんについて、話がしたい』という言葉。

今はその意味するところについて考え、対策を取らなければいけない。

いや、意味なんて考えるだけ無駄だろう。

この場合、想像しうる最悪を想定しておくべきだ。もし戸祭の言葉の意味がそれ以外だとしたら、むしろ全裸で小躍りしながら喜んでいいレベル。

そして想定しうる最悪とは——俺と朱莉の関係についてだろう。

「でも仮にそうだとしたら、どうしてバレた？」

焦《あせ》りと、不安と、混乱と……様々な感情が頭の中をぐるぐる巡る。

一年間かけて築き上げてきた理想のお一人様生活。

それがまさか、こんなに早く終了の危機を迎えることになるなんて。

いや、違うか……それはもうすでに、朱莉が現れた時に終わっている。

だからこそ、学校内での立ち位置だけは死守したかった。

戸祭と同じクラスになった時に注意を払おうと思っていたのに、それを怠ったのはレンタル家族契約に意識を取られていたせいだ。

リスク管理が甘かった——そんな後悔をしている時だった。

屋上に昇ってくる複数の足音が聞こえた。

「なんですか？　お話って……」

聞きなれた声に耳を疑う。

身を隠して窺《うかが》うと、そこには朱莉と見慣れない男子生徒の姿があった。

「突然こんなところに連れ出してごめん。どうしても伝えたいことがあるんだ」

男子生徒は真剣な表情で口にする。

その光景は、今まで何度も目にしてきた青春のワンシーンだった。

「君のことが好きなんだ。付き合ってもらえないかな？」

男子生徒が口にした言葉は、おおよそ想像どおりだった。

朱莉は驚いたように口元を押さえる。

少しして、朱莉は深く頭を下げた。

「ごめんなさい。あなたとお付き合いはできません」

「どうして？　好きな男でもいるの？」

その問いに朱莉は一度目を伏せた後、相手を真っ直《ま》ぐ《す》見つめて口にする。

「――はい」

その言葉に、どうしてか胸が痛んだ。

朱莉が返事をすると、男子生徒は無言でその場を後にする。

しばらくすると朱莉も屋上を後にし、俺はその背中を見送った。

そして、一つの考えが頭をよぎる。


――本当に、レンタル家族契約を継続していいんだろうか？


周りにバレるリスクだけじゃない。

俺が元の生活に戻りたいというだけじゃない。

朱莉の今後の生活を考えれば、よくないんじゃないか？

「好きな人がいたって……俺と一緒にいたら、まずいだろ……」

お一人様生活は、自分が自由になれるだけじゃない。
誰にも迷惑をかけなくてすむ――だからこそ俺は、一人でいたのに。
もはやそんな生活とは、ほど遠いと思わざるを得なかった。

❹ 望まないデートと、暴かれた秘密

土曜日の朝、朱莉《あかり》はいつものようにやってきた。

「今日は特に予定はありませんね」

「ああ。そうだな」

こうして話をするのは、雫《しずく》を迎えに来てもらった時以来。

お互いに少し気まずい話をしてしまったんだが、朱莉は特に気にした様子もなく学校では見せない二人きりの時の笑顔を向けてくれる。

俺《おれ》がどうして一人でいるようになったのか？　朱莉はきっと、その理由を気にしているはずだ。それでも聞いてこないのは、気を使ってくれているからだろう。

その気遣いが、今は少しだけありがたい。

「たまにはお部屋でのんびりしましょう。それもまた家族のすごし方の一つです」

そんな話をしながら、二人並んで源さんに餌をあげているんだが……。

どうしてだろうか？　朱莉の距離が不必要に近い気がする。

「あ、あのさ……ちょっと餌をあげづらいんだが」

「でしたら私があげましょうか？」

「いや、そうじゃなくてな……」

あげづらい理由を全く理解していないのか、さらに近づいてくる。

もはや密着しすぎてほっぺが触れそうなんだが……。

いや、意識するな。意識をしたら負けな気がする。

にしても、朱莉は好きな人がいると言っていたのにいいんだろうか？

仕事とはいえ男の部屋に上がり込み、一緒に寝て、こんな密着状態でいるなんて。

よくはないよな……朱莉に彼氏ができたとして、もし俺がその彼氏だとしたら絶対嫌だ。

今後の生活について、その辺りも機会があれば話しておきたいんだが、今はそれどころじゃない。それよりも優先すべき問題が目の前にある。

それは明日に控えた戸祭《とまつり》とのお出かけの件。

果たして、どこまで朱莉に話すべきか——？

「あの……颯人《はやと》さん？」

「ん？　どうした？」

気が付くと、朱莉が心配そうに俺の顔を覗《のぞ》き込んでいた。

「源さん……もうお腹《なか》いっぱいみたいですよ？」

「え？」

源さんに目を向けると、俺のあげた餌を食べすぎて丸太のように横たわっていた。

「源さんごめん！　大丈夫か⁉」

可愛《かわい》い前足を上げてフリフリしながら大丈夫とアピール。

源さんは餌をあげるとあげた分だけ食べきってしまうため普段は量を抑えているんだが、考え事をしていたせいか過剰に与えすぎてしまったらしい。

過去、餌をあげすぎて異常に丸々と肥えてしまったことがある。

それはそれで、とても可愛かったんだが健康的とは言い難《がた》い。

「颯人さん、どうかされましたか？　心ここにあらずといったようですが」

心配する朱莉に、俺は努めて明るく返す。

「いや、なんでもない。最近、親父の動画更新が遅いからどうしたのかと思ってな」

「そうですか？　いつもどおり、週に一度はアップされているようですが」

「あれ？　そうか？　見落としていたのかもしれないな。どれどれ」

本当は既に視聴済みだったが、適当なことを言ったのがバレないようスマホを手に取り親父の動画を再生し始めた。

『ブッシュクラフト親父の日常。シーズン２——第二話　水の確保』

今週は、生活を支える生命線ともいえる水の確保について。

飲み水だけでなく、料理や風呂《ふろ》、作物を育てるためにも必要であり、容易に水の確保ができない山奥ではいかに効率よく確保するかがとても重要らしい。

今回取った方法は、川から直接ホームキャンプまで水を引く方法。

まずは膨大な量の竹を集め、半分に切って節を削り、植物のツルで繋ぎ合わせる。

それを近くの川の上流からホームキャンプまで数十メートルにわたって設置。上流から下流への流れと高低差を利用し、竹をつたって水が流れてくる仕組みを作り上げた。

めちゃくちゃ長い流しそうめん用の設備と言えばわかりやすいだろうか？

シーズン1の動画では粘土を焼成して作ったツボを使って水汲《く》みをしていたが、移動距離や重い水を運ぶコストを考えれば、極《きわ》めて効率的なシステムと言っていいだろう。

だが、歓喜しながら半裸で水浴びをするおっさんの画《え》ヅラはどうかと思うぞ。

そしてラストはお決まりのルーティン。キメ顔横ピースで終了。

再視聴ということもあり、動画をほとんど見ずに考えていた。

戸祭の件について、今はまだ朱莉に話すべきじゃないだろう。戸祭の話が必ずしも俺の想像通りとは限らない以上、可能性の話をするのは不必要に朱莉を心配させるだけ。

まずは戸祭の出方を窺《うかが》い、話を聞いてから――。

「なぁ、朱莉」

「はい。なんでしょう？」

俺は腹を括《くく》って話しかける。

「明日なんだが、ちょっと所用で出かけることになったんだ」

「そうですか。もしご迷惑でなければ私もご一緒しましょうか？」

「いや、帰りが何時になるかわからないから部屋で待っててくれ」

「わかりました。お留守番は任せてください」

結局この日は一日、なにも手に付かず終わってしまった。

*

「颯人さん」

「……ん」

自分を呼ぶ声に、意識が引っ張られた。

「颯人さん。起きてください」

朱莉の声が聞こえる。

今日は日曜日だろ……もうちょっと寝かせてくれ。

昨夜は朱莉に腕を摑《つか》まれて妙な感触を味わったり、腕を引っこ抜いたらパジャマのボタンが全部とれていて見ちゃいけないものを見てしまったり、興奮しすぎて寝てないんだ。

相変わらず朱莉は風呂を覗きにくるし……あっちもこっちも疲れてるんだよ。

「あと三十分……むぐぅ！」

両手で思いっきりほっぺをムニムニされた。

無言の抵抗。そんなことをされても起きないぞ。

「いいんですか？　今日はお出かけですよね？」

瞬間、一気に頭が覚醒《かくせい》する。

「うおおおおおおおおおおおおおおお！」

目を開けると同時、全力で叫んでしまった。

近距離に迫る朱莉の顔。近すぎてピントが合わず理解するまで一瞬パニック。

「近い！　どうしたいったい⁉」

「何度呼んでも起きないので、近くで呼べば起きるかと思いまして」

「にしても近い！　一歩間違えれば事件だったぞ！」

目覚め方次第じゃ俺の唇が奪われる距離だった。

「ずいぶんごゆっくりですが、お出かけの時間は大丈夫ですか？」

時計に目を向けると、時計は十時を回っていた。

やばすぎる——慌てて飛び起き着替え始める。

待ち合わせはショッピングモールに十時半。

着替えながら、移動手段と到着時間を計算する。

この時間ではちょうどいいバスはない。次のバスを待てば十分以上の遅刻だろう。

であれば自転車か？　信号次第だが、遅くても二十五分あれば着く。どちらにしても遅刻だが相手を待たせている以上、一分でも早く着かなければならない。

着替えを終え、ウォーターサーバーの水を一杯飲み干し——。

「行ってくる！　帰る前には連絡するから！」

「いってらっしゃい。お掃除や洗濯は済ませておきますね」

朱莉に見送られながら部屋を飛び出し、階段を下りたところで足がとまった。

そうだ、洗濯といえば俺のパンツがなくなったこと、まだ聞いてなかった。

時間はヤバいが憶えているうちに聞いておいた方がいい。

俺は一度部屋に戻り、玄関を開けた時だった。

「はあぁぁ…………」

俺は幻視でも見ているんだろうか？

目の前には、見覚えのある光景が広がっていた。

「はあああぁぁぁ…………」

部屋の中には床に座り込んでいる朱莉の姿。

どうしてか、俺のパンツを顔に押し当てて悩ましい声を上げていた。

「あ、朱莉……なにしてんだ？」

声を掛けると、朱莉は不意に満面の笑みを浮かべ。

「あら？　タオルと間違えてしまったようです」

「そ、そうか……間違えちゃったか」

思わずそう返してしまったが、そんなことがあり得るだろうか？

洗濯機の中に入れておいたはずのパンツだぞ？

「颯人さん、お時間がなかったのでは？」

朱莉に言われてハッとする。

そうだ！　こんなことをしている時間はない！

「とりあえず行ってくる！」

慌てて部屋を飛び出す。

「……ふひひっ」

出掛けにゲスい声が聞こえた気がしたが、今はそれどころじゃない。

結局、行方《ゆくえ》不明になったパンツ二枚のことは聞けなかった。

全速力で自転車をこいだが、到着したのは約束の時間の五分後。

駐輪場に自転車を投げ捨て、走って待ち合わせ場所に向かう。

「戸祭も遅れてくれてればいいんだが」

このショッピングモールはシュガーモールという呼称で、地元で一番人が集まる場所。

敷地内には家電量販店や映画館、温泉施設なんかもあり、年齢問わず楽しめる場所が揃《そろ》っている。その中でも珍しいのが、アルパカ広場と呼ばれるスポット。

名前の通りアルパカと触れ合える広場なんだが、ここを待ち合わせ場所にする男女は多く、俺と戸祭の待ち合わせ場所もこのアルパカ広場だった。

「急がないと――」

向かう途中、ふと辺りを見回した時だった。

「え……?」

モール前のエントランスに立っている女性を見て目を疑った。

「駒生《こまにゅう》先生……?」

普段目にしているスーツ姿ではなく私服。しかもなんていうか、一言でいうなら昼間なのに夜の店の人みたいな派手な格好で、サングラスしてるから一瞬誰《だれ》かわからなかった。

「ん……おまえは泉ヶ丘《いずみがおか》か?」

名前を呼んでしまったのが失敗だった。

駒生先生は俺に気付き、サングラスを外しながら近づいてくる。

「おまえみたいな奴《やつ》が休日にこんなところにくるなんて珍しいな」

「おまえみたいな奴がって……駒生先生、俺のことなんてそんな知らないでしょ」

「担任教師を舐《な》めるなよ。一週間もすればだいたいわかるさ」

本当かよ。そんな根拠のない理解の仕方をされても困る。

「……女か？」

駒生先生はニヤリと笑いながら口にする。

「なんでそう思うんですか……？」

「その慌てようにして、この先は男女の待ち合わせスポットのアルパカ広場。かくいう私も男性を待っているのだ。なにを隠そう、今日は婚活アプリで出会った男性とデートなんだ！」

「はぁ……」

いや、その格好をみれば嫌でもわかりますよ。

無駄に胸元《むなもと》開けすぎじゃないですかね？　おっぱい見えてますよ？

「しかしまぁ、おまえが女と待ち合わせとはな」

「駒生先生こそ、シュガーモールで待ち合わせなんてちょっと似合いませんね」

ここは大人のカップルよりも家族連れや学生の方が多いはず。

「そう言ってくれるな。私だってここよりもインターシティの方がよかったさ」

インターシティというのは市内の南にあるもう一つの集合商業施設。

百貨店と専門店が併設されたところで、ブランドショップやセレクトショップも入っているため社会人が多く集まる場所。ここよりも少し客層が上のイメージ。

「待ち合わせ場所をここにしたのは、今日の相手が地元の大学生だからだ」

「大学生⁉」

「地元の大学に通うなかなかにイケメンの四年生だ。来年には社会人、相手の卒業とともに入籍すれば早くてあと一年。これでようやくクソガキどもの相手から解放される。三十歳手前でチャンスがやってくるとは婚活の神も私を見放してはいなかった！」

駒生先生は嬉々《きき》として語る。

婚活の神ってなんだよ。そんなのがいたら、とっくに結婚できてるんじゃないですかね。もしくは今の今まで売れ残っている事実から、神に見放されているんだと思います。

そんなこと言ったら殺される。

「今日のためにわざわざクソ高い下着も新調したんだ……ふふふっ今日は帰さんぞ」

目が完全に獲物を狩るハンターのそれ。

相手もよく七歳も離れた相手と会う気になったな。まぁどうせ、年上なら後腐れなくワンチャン狙《ねら》い！　とか思ってんだろうけど相手が悪い。アラサー女の執念を舐めすぎだ。

責任とってちゃんと引き取ってくれよマジで。

「休み明け、お互いにいい報告ができるよう頑張ろうじゃないか！」

駒生先生は上機嫌で俺の肩をバシバシ叩《たた》く。

どうぞ勝手に頑張ってくださいね。駒生先生に一礼し、その場を後にする。

時間を無駄にしてしまったが、アルパカ広場に着くとまだ戸祭の姿はない。

ほっと胸を撫《な》で下ろした時だった。

「おっそーい♪」

突然、背後から両方のほっぺをつままれた。

驚きながら振り返ると、そこには笑顔を浮かべる戸祭の姿があった。

「泉ヶ丘君は女の子を待たせて喜ぶタイプの男の子なのかな？　ちょっと趣味悪いぞ♪」

相変わらず悪戯っぽい笑顔で冗談ぽく口にする。

いつも教室で見かけるその笑顔に、俺は少しだけ冷静さを取り戻した。

「待たせて喜ぶタイプどころか、待たせる機会すらなかったタイプだ。悪いな、誰かと待ち合わせするなんて数年ぶりで昨日は寝つけなかった。単純に寝坊だ」

そう答えると、戸祭は腹を押さえて笑った。

「普通は言い訳の一つでもするところでしょ？　潔い男子は嫌いじゃないけどさ」

「そいつはどうも」

「じゃ、とりあえず中に入ろっか♪」

戸祭に手招きされ、俺たちはシュガーモールの中に入って行く。

モール内は日曜日ということもあって、学生や家族連れで賑《にぎ》わっていた。

「すげぇ人だなおい……」

人生ソロプレイの俺には、酔ってしまいそうな人の数だった。

どうしよう。今すぐ全力で帰りたい。

「今日は少ない方だと思うけどなー」

「マジかよ。普段は来ないからよくわからん」

「え？　友達と来たりしないの？」

「友達なんていないの知ってるだろ？　それとも悪口で言ってんのか？」

「これはこれは、失礼しました～♪」

戸祭は明らかにわかっていて言ったんだろう。

からかうような笑顔で謝った。

「おまえくらいだよ。俺に話しかけてくるのは」

「あれ？　もう一人いるでしょ？　隣の席の簗瀬《やなせ》さん」

本当、こいつはよく見てやがる……。

「でもさ、なんでみんな泉ヶ丘君に話しかけないんだろ。わたしからしてみたら泉ヶ丘君てめっちゃ面白《おもしろ》い人なんだけどな。なかなかあそこまで一人でいられる人いないよ？」

「おまえ、それはさすがに悪口だろ」

「半分ね。でも半分はホントに興味があったんだ。でもさ、あそこまで徹底して一人でいられると、なんか話しかけるのも悪い気がしてくるじゃん？　好きでやってるんだろうし」

こいつは本当、どこまでわかって言ってるんだ？

いつも笑顔でいるため、ある意味それ以外の表情がないという意味ではポーカーフェイスとも言える。記憶を遡《さかのぼ》ってみると、戸祭が笑っている以外の表情を見た覚えがない。

「今日は周りに遠慮なく、泉ヶ丘君と話せるチャンスだからね」

「最初で最後のチャンスになることを願う。で、どこで話す？」

「せっかくだから色々見たいお店あるの。付き合って♪」

「は？　いやちょっと待て――」

「……ダメなの？　今日楽しみにしてたのに」

泣きそうな顔で瞳《ひとみ》を潤ませながら、俺の服の袖《そで》をつまみながら訴える。

まるで捨てられた子猫が通りすがりの人にすがるかのように。

「いや……ダメってわけじゃないが……」

「やったー！　じゃあ行こう♪」

「おい……」

次の瞬間にはケロッとして歓喜の声を上げた。

くっそ……引っ掛かる俺もアレだがずるいだろそれは！

他の男どもが戸祭のあざとさにやられるのが、少しだけわかった気がした。

「おーい！　早くー」

「へいへい……」

「おいてくよー！」

わかったから、そんな大きな声で呼ばないでくれ。

他のクラスメイトに会ったら余計ややこしくなる。

その時の言い訳を考えながら後を追った。


その後、戸祭に連れられてほぼ全てのアパレルショップを見て回った。

なんでも一足早く夏物の洋服を見たかったらしく、あっちに行きこっちに行き、試着をしては戻し『買わない』と言ったくせに後から『もう一度着てみたい！』と店に戻り……。

気が付けば買った洋服はかなりの数になっていて、それを全《すべ》て持たされる俺。

こいつ、もしかして荷物持ち代わりに俺を誘ったんじゃないか？

そんなの取り巻きのペットたちに頼めよ。喜んで付き合うだろうが。

結局、戸祭の買い物は三時間に及《およ》び、コーヒーショップに入ったのは一時半だった。

「おまえなぁ……いくらなんでも買いすぎじゃねぇの？」

戸祭の隣に山のように積まれた紙袋を眺めながら嘆息する。

「そう？　このくらい普通だよ？」

十を超えるショップの買い物袋が普通だと？

俺の五年分くらいはあるぞこれ。

呆《あき》れる俺の前で、戸祭は満足そうにアイスカフェオレを飲んでいた。

「そういえばさ、泉ヶ丘君とは一年の時から同じクラスだよね」

「情報技術科は二クラスしかないんだ。クラス替えしたって半分は元クラスメイト。五十％の確率なんだから別に珍しいことでもないだろ」

「そうなんだけど、わたしが言いたいのは一緒だったのにちゃんと話すのって初めてだなーってこと。ずっと一人でいるけど、泉ヶ丘君て誰かと一緒にいると死んじゃう人なの？」

「そんな病気の奴なんていねぇよ」

こいつ、本当に聞きづらいことを遠慮なく言ってくるな。

悪意がないのはわかるが、ここまで踏み込めるのも凄い。

「別に……その方が単純に気楽ってだけさ」

「そんな感じはするよね。別に人付き合いを避けてるわけじゃなくて最小限って感じだし、話しかければ普通に答えてくれるし。友達ができないんじゃなくて作らないだけって印象」

……改めてこいつは面倒だと確信した。

一見アホのように見えて、まぁ本当にアホなんだけど、あざといながら周りに気を配るタイプなのは普段の行動からわかる。そうすることで、自分と相手の距離を測っているんだ。

わかってはいたことだが、こうして対面すると思いのほか面倒くさい。

「なにか一人でいたくなるような嫌なことでもあったの？」

「…………」

ダメだ――こいつと関《かか》わっちゃいけない。

相手の懐《ふところ》にグイグイ入ってくるタイプの人間は、俺にとって最も危険だ。

「別に、友達を作らないことが間違いってわけじゃないだろ。おまえには理解できないかもしれないが、世の中には一人で気楽に生きていきたい奴だっているってだけの話だ。俺に言わせりゃ積極的に友達を作ろうとしてるおまえの方がどうかしてる」

どうせなら嫌われた方が手っ取り早い。

お一人様理論にはやや反するが、こいつはイレギュラーすぎる。

「話の腰を折って悪いが、本題に入りたい」

もう早急に終わらせて、この場を離れるべきだ。

「月夜野《つきよの》さんがどうのって言ってたが、聞きたいことはなんだ？」

話の主導権を握られる前に――そう思い、こちらから踏み込む。

だが戸祭は、真面目《まじめ》な俺をかわすように笑顔で答える。

「まぁまぁ、そう慌てないの。わたし、お楽しみと好きなおかずは最後に取っておくタイプなんだ。それにわたしの聞きたかったことの答え、実はもうわかってるんだー」

もうわかってる？

「とりあえずさ、もうちょっと買い物に付き合ってよ。ここは奢《おご》るからさ」

「はぁ⁉　まだ買い物するつもりか⁉」

「あと一つ行ってないお店があるの。そこで最後だから」

その言葉にホッとする。

それが終わったら、いい加減さっさと本題だ。

「わかった。次で最後だからな。なんの店だ？」

「下着ショップ――」

「ぶはっ――」

思わず咽《むせ》てコーヒーを吹き出す。

「なに言ってんだおまえは！」

「よーし。じゃぁ行こっか♪」

「ちょっと待て！」

店を出る戸祭の後を、慌てて荷物を抱えて追い駆ける。

するとと戸祭は俺から荷物を半分奪い、空いた俺の腕に自分の腕を絡めてきた。

「なにしてんだ！」

「荷物が多いから半分持ってあげたの」

「そうじゃなくて、荷物を持つ反対の手だ！　なにナチュラルに腕組んでんだよ！」

「はぁーい。レッツゴー♪」

嫌がる俺を引っ張って歩き出す。

あまりの強引《ごういん》さに、もうなにを言っても無駄だと悟った。


「お、おおう……」

やってきたのは通称、男子禁制秘密の花園。またの名は侵入不可のラストリゾート。

目の前に広がる綺麗《きれい》に陳列されたカラフルな布を前に、思わず変な声が出てしまった。

普通の男子高校生がこの手の店に来ることはありえない。

せいぜい遠目に眺めるか、横目でチラ見しながら夜のおかずにするくらい。

もしも来られる奴がいるとしたら、よっぽどの勇者か特殊性癖の変態か、はたまた彼女という名の通行証をもつリア充《じゅう》だけ。つまり大半の男にとって異世界のようなもの。

それでも来たい奴は転生後にでも期待して死ぬしかない。

それなのに、なぜ俺は学校一の美少女と下着ショップに来ているんだろうか……？

「なにぼーっとしてんの？　さ、行こ♪」

「ちょっと用事を思い出した――」

「わかりやすい嘘《うそ》を吐かないのー」

「待て待て待て！　男が一緒なんておかしいだろ！」

やめて！　俺の孤独耐性はもうゼロよ！

心の叫びが通じるはずもなく無理やり中へ連行される。

一歩足を踏み入れると、そこは三百六十度に臨むカラフルな下着の森だった。あまりの色の多さに目がちかちかする。様々な柄とデザイン、おまけにセクシーなベビードールまで。

ダメだ、とてもじゃないが平静を保っていられない。

店員さんや他の女性客の冷たい視線が突き刺さる。

『あらあら、仲がいいことね』『最近の高校生ってずいぶんませてること』『彼氏の好みの下着を買ってあげるのかしら？』『カップルでくるとかリア充死ね。百回死ね』

生暖かい声と嫉妬《しっと》に満ちた声があちこちで湧《わ》き上がる。

やっぱ無理！　戸祭を無理やりでも振り払って逃げるしかない！

「泉ヶ丘君の好みってどんな感じのやつ？」

「…………はい？」

まさかの質問をぶっこまれた。

「いや……そんなことを聞かれてもだな……」

もちろん俺とて健全な男子高校生。

女性の下着の好みくらいは……ある。

一言でいうのならレースの紐《ひも》パン、色はピンク。できればレースは白であって欲しい。淡いピンクの生地と白レースのコントラストを想像するだけで朝まで眠れない。

まさか答えるわけにもいかず、返答に困っている時だった。

「あら？　戸祭さんに……泉ヶ丘君？」

聞きなれた声に、背筋が凍った。

「ま、まさか……」

何度も聞いているその声の主が誰かなんて、間違えるはずもない。

冷や汗をかきながら壊れたブリキのロボットよろしく振り返ると。

「あれー？　月夜野さんじゃーん♪」

そこには引きつった笑顔を浮かべる朱莉の姿があった。

空気が死んだ。たぶん俺も、もうすぐ死ぬ。

終わった……俺はそっと考えるのをやめた。

「こんなところで会うなんて奇遇だね」

「ホントにねー！　月夜野さんもお買い物？」

「うん。戸祭さんは泉ヶ丘君と二人できたの？」

「そうだよ。今日はデートなんだー♪」

「違う！　断じてデートではない！」

「今日は天気もいいし、絶好のデート日和だね」

「うん♪」

朱莉は俺の方を見向きもせずに、戸祭と会話を続ける。

あれだ、おまえの話は聞いていないモード。

「ところでここ、下着ショップだよね。私の聞き間違いだったら申し訳ないんだけど、泉ヶ丘君に下着の好みを聞いてなかった？　もしかして二人ってそういう関係なのかな？」

「聞いてたよ。関係については――これから次第だよね♪」

「俺に同意を求めるな！　そんな未来は断じてない！」

「照れないでよー」

「照れてないわ！」

なにかがぶち切れるような音が聞こえた気がした。

目を向けると、なぜか朱莉は怒っているようで笑顔で目尻をピクピクさせている。

戸祭はそんな朱莉を見ながら必死に笑いを堪《こら》えているようだった。

こいつ……わざとやってやがる。

「そんなわけだから月夜野さん、またね」

「待って、よかったら三人で一緒にお買い物でも——」

朱莉がそこまで言いかけて、戸祭は一蹴する。

「デートだから空気読んでくれる？　お買い物はまた今度行こーね♪」

戸祭は笑顔でそう告げ、俺と腕を組んでショップの奥へと足を進める。

去り際に見た朱莉からは、言葉で形容しがたい負のオーラが出ていた。

すまん朱莉。後で事情を……話せるかこれ……？

「じゃあ話の続きだけど、泉ヶ丘君の好きな下着の色ってなに？」

「あったりまえじゃん。あんなこと冗談じゃ聞かないでしょ？」

「はぁ⁉　それまだ続いてんの⁉」

「本気でも聞くなあんなこと！」

「えーなんでよ。意地悪しないで教えてよ。参考までにさ♪」

こいつマジで大丈夫か？

普通クラスメイトの男に下着の好みとか聞くか？

断固拒否しようとしたが、すんでのところで踏みとどまった。

いや待て……もしかしたら、女子が男に下着の好みを聞くのは普通のことなんだろうか？

そういえば先日、朱莉との買い物の時も部屋着の好みを聞かれたたな。

しばらく友達を作っていない俺には、今どきの友達付き合いってのがわからない。人付き合いにおいて、俺の常識は他人にとって非常識な可能性がある。むしろその可能性の方がはるかに高い。

だとしたら、男の好みを参考に女子が衣類を選ぶというのは普通なのでは？

だとしたらだとしたら、俺は女子の下着の好みを口にしても許される？

俺が一人で過ごしているうちに、なんてエロに寛容な時代になったんだ！

「早く答えないと、今日のことクラスメイトに話しちゃおっかなー」

「おまっ……」

こいつ……今度は脅してきやがった。

わかった。そこまで言うなら答えてやろうじゃないか。

俺は今、下着の森の中心で好みを叫ぶ！

「レースの紐パン……色はピンク。できればレース部分が白だとありがたい……」

独り言よりもはるかに小声で囁《ささや》いた。

「白レースで紐でピンクだね。なるほど～♪」

学校一の美少女に下着の好みをカミングアウトするという、人生最大の羞恥《しゅうち》プレイ。男の一生の中で、これほどまでに恥ずかしさを感じることがあるだろうか？

周りの視線がそろそろ限界。いっそ今すぐ消えてなくなりたい。

「ずばり泉ヶ丘君の好みはこれだ！」

「――⁉」

気持ちとは裏腹に、全力で反応してしまい顔を上げる。

戸祭の手には、確かに白レースで紐でピンクな下着のセットが掲げられていた。

あぁ……なんて好みのど真ん中なんだろうか。デザイナーさんありがとう。

「ちょっと試着してくるね。あ、でもこれカップ数が違うや」

おもむろに下着セットを戻し、別のカップ数を手にする。

Eカップ……ですか。

「行ってくるから、ここで待ってて」

「待ってくれ！　こんなところで一人にしないでくれ！」

下着ショップで男が一人待つとかもはや拷問《ごうもん》だろ！

思わず戸祭にすがりつく。

「そんな怯《おび》えなくても大丈夫よ。他の下着でも見てて」

「無理だ！　頼むから一人にしないでくれ！　なんでもするから！」

「お座り！」

「俺はおまえのペットじゃねぇ！」

そんな訴えもむなしく、戸祭は試着室へと消えて行った。

絶望的な気分を味わいながら戸祭を待つこと十分。

「え――うおっ⁉」
不意に腕を掴まれたかと思うと、思いっきり引っ張られた。
その直後、俺の両目がなにかでふさがれる。
『大きな声出すとバレちゃうぞ～♪』
戸祭の声が耳元で聞こえた瞬間、なにが起きたか悟った。
こいつ俺を試着室に引っ張り込んで両目を手でふさぎやがった⁉
『おまえなにしてんだ！』
『一人にしないでって子犬みたいな顔ですがるから』
俺たちは小声で言い合う。
『だからって一緒に入れろって意味じゃねぇよ！』
『せっかくだから、似合ってるか見てもらおうと思って♪』
な、なんだと……？
ということは、俺の後ろにはさっきの下着を身に着けた戸祭が立っているのか？
白レースで紐でピンクの下着を着けた戸祭が⁉
『見たい？　見たかったら振り返っていいよ……』
戸祭は優しく呟《つぶや》き、目を覆《おお》っていた手をそっと離す。
マジか？　いいのか？　いやだめだ！　耐えるんだ俺！

そんな理性と煩悩の葛藤も虚しく、戸祭があの下着を着けていると想像するだけで俺の中の天使と悪魔がハルマゲドンを開戦。秒で天使は白旗を揚げ、全面降伏してしまった。

理性が敗北した俺は、ゆっくりと振り返り——。

次の瞬間、絶望した。

「ざんねーん。もう服着ちゃったぁ♪」

そこにはすでに試着を終えた戸祭が、憎たらしい笑顔で笑いを堪えていた。

……もうこいつ殴っていい？

殴っても許されるだろ、なぁ全国の男子諸君。

「さーて、サイズもバッチリだったからこれ買おっと♪」

「…………」

試着室を無言で出た俺の耳元で戸祭がささやく。

「期待しちゃった？」

「してねぇよ！」

間髪《かんはつ》入れずに言い放つ。

クッソ……全てを見透かしたような目で見やがって。

とはいえ、否定できないのだから悔しくても言い返せない。

俺は戸祭の後ろで小さくなりながら、会計を待ったのだった。

その後、俺たちは二階にあるモールと映画館を繋ぐ連絡通路に来ていた。

ここはテーブルや椅子《いす》が用意されているちょっとした休憩スペースになっていて、この時期は連絡通路の下にある道路の端に植えられた桜の木がよく見える。

四月後半に差し掛かると桜の花はほぼ散っていて、その哀愁が今の俺の気分のようだ。

「あのさ、一つ聞いていいか……？」

「なぁにー？」

戸祭はオレンジジュースを飲みながら答える。

「おまえさ、いつも他の男連れてこんなことやってんの？」

「他の男ってオトモダチ君たちのこと？　まっさかー」

戸祭は軽い感じで答える。

「男の子と下着ショップに来たのは泉ヶ丘君が初めてだよ」

だとしたら、戸祭が俺を連れてった理由は一つしかない。

「月夜野さんがいるのわかってて下着ショップに誘っただろ？」

「そうだよー♪」

やっぱり……。

「午前中にお買い物してる時から、ずっとわたしたちの後をつけてるんだもん。バレバレなのに本人は一生懸命隠れてるのが面白くって、つい意地悪しちゃった」

午前中から……全く気が付かなかった。

「それに泉ヶ丘君が意外と従順だから、ちょっとからかってみたかったのもあるけど」

にしし っ て感じで笑う戸祭を見て、大きく溜め息が出た。

弱みを握られているかもしれないと思えば、そりゃ従順にもなるさ。

「いい性格してるよおまえ……」

「でしょでしょー♪」

真正面から素直に受け取るな。

皮肉で言ってんだよ。

「もう満足だろ。そろそろ例の話ってやつを――」

いい加減、本題について話そうと思った時だった。

「あれ？　戸祭じゃねーの。こんな所でなにしてんの？」

少し離れた所から戸祭に声を掛けたのは、いかにもチャラそうな男だった。

なんていうか、こう……茶髪で腰パンでいかつくて、いかにも田舎《いなか》のチンピラ感全開の頭悪い感じ。まぁ田舎だから仕方ないんだが。

戸祭は顔色を変え、明らかに面倒そうな表情を見せる。

いつも笑顔の戸祭がそんな表情を見せたのは初めてだった。

「誰だ？」

「うちの学校の三年生。何度もわたしを口説《くど》いてくる超面倒くさい人」

戸祭は心底面倒そうに口にした。

その男は近づいてくると、戸祭に声を掛けると思いきや俺に声を掛けてきた。

「なんだおまえ？　なんでおまえみたいな目つき悪い奴が戸祭と一緒にいるんだ？」

「別に……荷物持たされてるだけですよ」

目つきの悪さは関係ないだろ。

「なんだ、ただのパシリか」

仰《おっしゃ》るとおり。

「戸祭、せっかくだから一緒に遊んで行こうぜ」

「お断りします。今は彼とデート中なんで」

戸祭は視線も向けずに答える。

すると男は下品な声で笑い出した。

「こいつとデート？　冗談だろ」

おまえの言うとおり、マジで冗談であって欲しいわ。

なんで冴《さ》えない男代表の俺が戸祭と一緒にいるんだよ。

「冗談じゃないです。なので、さっさと行ってもらえません？」

戸祭は男を睨《にら》みながらそう言った。

おいおい。いくらなんでも邪険に扱いすぎだろ。

「こんなところで会ったのも縁だろ？　ちょっと付き合えよ」

男は戸祭の腕を取り、強引に立ち上がらせた。

「痛った――」

悲鳴を上げた瞬間、戸祭は手にしていた紙袋を男の顔面に叩きつけた。

「てめぇ……なにしやがる」

男は戸祭の腕を摑んだまま怒りを露《あら》わにする。

さすがにシャレにならんだろこれ。

戸祭はやりすぎたとわかったのか、怯えた表情で俺に視線を向けてくる。

ったく……どう見たってこの手の野郎は沸点が低いってわかるだろ。先に手を出したのは相手だが、戸祭も思いっきりやり返した以上、どっちもどっち。

溜め息が出る……こういうことに巻き込まれるのが嫌ってのもあって一人でいたのに。

だが、巻き込まれてしまった以上は放っておくわけにもいかない。

「ちょっとこいよ！」

男は戸祭の腕をとり、強引に連れていこうとする。

俺は立ち上がり、戸祭が飲んでいたオレンジジュースを男の頭にぶちまけた。

「あ、すんません。あっちもこっちも滑りまくりました」

我ながら大胆なことをしたもんだ。

でも仕方がないだろ。

俺は一人を愛しているが、困っている女子を放っておくほどクズに成り下がっちゃいない。

ましてや、助けを求める女の子を無視して興奮するような性癖は持ち合わせちゃいない。

「てめぇ……」

男は振り返りながら俺を睨む。

「嫌がってるんで、放してやってもらえません？」

「……あ？」

こうなると、次に男が取る行動はおおよそ二択だろう。

俺に詰め寄って威嚇《いかく》するか、いきなり殴り掛かってくるか。

おそらくこの手のタイプは後者――。

そう思うや否《いな》や、男は戸祭を掴んでいた手を離し、振り返る勢いで俺の顔を狙ってきた。

俺は決して喧嘩《けんか》が強いタイプじゃない。むしろ弱い。だが、相手の行動を事前に予想しておけば、最初の一発目をかわすか、気合と根性で耐えるくらいはできる。

あれだ。不意に殴られるか、殴られるとわかって殴られるかの違い。

結果、華麗にかわしたつもりが男の裏拳が綺麗に顔面にヒット。

「いってぇな――」

想像以上の痛みに思わず声が出たが、心の痛みにくらべれば大したことはない。

俺は小学校の頃、クラスで女子のリコーダーが盗まれた際、クラス会議で濡《ぬ》れ衣《ぎぬ》を着せられて辛《つら》い思いをした時のことを思い出す。突き刺さるクラスメイトの視線と嘲笑《ちょうしょう》。マジで消えてなくなりたいと思ったのはあれが最初。あの心の痛みに比べたら肉体的苦痛なんて屁《へ》でもない。ちなみに犯人は、キミの大好きだった隠れ変態のA君です。

真実はいつだって残酷だよなぁ。

なんて思い出しながら痛みを無視して男に詰め寄り、全力で押し倒しながら足を掛ける。

男は腕を大振りしていたせいもあってか簡単にバランスを崩し、足をもつれさせながらも数歩堪えた後、盛大に転んだんだが……場所が悪かった。

倒れるよりも先に、近くの壁に頭をぶつけて鈍い音が響く。

「がはっ……」

男はそのまま床に倒れ、意識を失った。

「あー……」

悲劇すぎる。

ここまでするつもりはなかったんだが。

「行くよ――！」

すると戸祭が俺の腕を摑んで走り出す。

俺は顔の痛みを堪えながら、心の中で男に謝っておいた。

でもまぁ、おまえも悪いけどな。


「まだ痛むよね……？」

連絡通路を抜けて映画館の中にある待ち合い席まで逃げた俺たち。

俺は戸祭が濡らして持ってきてくれたハンカチを頰《ほお》に当てていた。

「めちゃくちゃ痛いけど気にするな。俺が勝手にしたことだ」

そう答えると、戸祭は申し訳なさそうな顔をして黙り込む。

らしくねぇな。戸祭のこんな顔も初めて見たぞ。

「ここなら人も多いし、あの男が起きて追ってきても大丈夫だろ」

「ん……」

気にさせまいと話しかけてみたが、戸祭の様子は変わらない。

だめだ――一人でいることばかりに気を使って周りの奴らに気を使ってこなかった俺じゃ、この重い空気は変えられそうにない。

しばらくすると、隣で黙り込んでいた戸祭が話し出す。

「泉ヶ丘君て意外と強いんだね。ちょっとびっくり」

「意外は余計だぞ」

「ごめんごめん。ほら、泉ヶ丘君てそういうタイプじゃないと思ってたから」

そりゃそうだろうな。

俺もそんなタイプじゃないようにしてたんだけどな。

「別に強くはねぇよ。一人でいるといつなにが起こるかわからないからな。自分の身は自分で守れるように最低限心得があるだけさ。まともにやりあったら絶対勝てないと思うぞ」

「まともに相手にしないのも強さなんじゃない？」

「人はそれを卑怯《ひきょう》と言ったりするもんさ」

特にあの手の男はな。

「ホントにありがと。あの人、すっごくしつこくて……オトモダチならいつでもどうぞって言ってたんだけどさ。最近は身の危険を感じるくらい強引で困ってたの」

そう言って戸祭は自分の体を抱く。

今になって自分が挑発したのを思い出して怖くなったんだろう。

普段から飄々《ひょうひょう》としている戸祭も普通に女の子だからな。怖くて当たり前だ。

戸祭を取り巻くペットと呼ばれる男子生徒たちは、抜け駆けして告白したりせずに皆で戸祭を愛《め》でようという紳士協定を結んでいるから、言ってしまえば無害な連中なんだ。それを無視して単独行動に出る奴は、おおよそ話のわからない奴だろう。戸祭にとっては最も注意しなければならない相手だが、正直って——。

「自業自得だな。これに懲《こ》りたら誰かれ構わず愛嬌《あいきょう》を振《ふ》り撒《ま》くのはやめるんだな」

ズバッと言いすぎたのか、戸祭は微妙に顔色を変えた。

「誰かれ構わずって……酷い。わたしはただ、みんなと仲良くしたいだけで」

「そう思ってるのはおまえだけなんだよ。周りの男はおまえを独占したいんだ」

「でも——」

それでも俺は言い続ける。

「いいか、おまえは可愛い」

「え……」

戸祭はきょとんとした顔を浮かべた。

「それは誰もが認める。そしておまえは性格が良く面倒見も良い。クラスで常に周りに気を使ってるのもすげぇなって思う。俺なんかを相手にしてくれるんだからよっぽどだろ。だからこそ人を区別しないおまえは不用意に男をその気にさせてしまう。その極みがオトモダチだ」

「……」

「それが悪いとは言わない。でも、こんなことを続けてるとそのうち痛い目にあうぞ」

強めに言うと、戸祭は少し戸惑った様子で。

「うん……わかった」

俯《うつむ》きながら呟いた。

そんな戸祭を見て、少し言いすぎたかもしれないと後悔する。

誰にでも区別なく接するのがこいつのいいところであり、愛嬌があるのも個性だからな。

ただし、俺以外の奴らに対しての話だが。

でも、さすがにこれだけ言えばわかってくれるだろ。

「そろそろ例の話ってやつをしたいんだが」

俺は空気を変える意味も込めて尋ねる。

「ああ、それね。その話はもう大丈夫」

「俺は全然大丈夫じゃない」

よっぽど必死に見えたのか、戸祭はやっといつものように笑った。

「わたしが聞きたかったのはね、泉ヶ丘君と月夜野さんの関係について」

問題は、その続き――。

「なんのことだ?」

ひとまず知らないふりをして様子を窺《うかが》う。

「とぼけたって無駄だよ。クラスメイトは気付いていないと思うけど、わたしからしたらもうバレバレ。二人って接点ないように見えて、最初から凄くお互いのこと意識してるでしょ」

嘘を吐いても無駄だな……バレるとしたら戸祭だろうと思ってたが。

「しかも見ちゃったんだ。二人が商店街で買い物してるところ」

「え……」

めちゃくちゃ最初からじゃねぇか。

じゃあ、商店街で感じた視線は戸祭だったのか？

「それで泉ヶ丘君に確認しようと思ったの。二人はもしかして人に言えないような関係なのかなって。でも、月夜野さんが途中からつけているのに気付いて聞くまでもないやって。泉ヶ丘君て、そういうの興味ない振りして案外手が早いんだねー」

戸祭はニヤニヤした笑いを浮かべる。

こっちはマジで笑えねぇよ……。

「わたしは二人がどんな関係でも気にしないし詮索《せんさく》もしなかったんだけどさ、もしそうなら周りにバレないように気を付けた方がいいよって忠告しておこうと思ってね。ほら、月夜野さんは良くも悪くも目立っちゃってるし、美人だからすっごくモテてるし」

良くも悪くも——俺もそれに気付いて朱莉に忠告した。

戸祭もたぶん、俺と同じような意味を込めて言っているんだろう。

「安心して。わたしが他の誰かに二人のことを話したりはしないから。むしろ月夜野さんとは仲良くしたいと思ってる。あー……でも、それはもう過去形になっちゃったかなー」

「過去形？　どういう意味だ？」

「むしろこれからはライバルになる可能性があるのかもね♪」

やっぱり悪戯っぽい笑顔で言うんだが、全力で嫌な予感しかしない。

「話はそれだけか？」

「うん。それだけ」

だとしたら、同居の件はバレていない——？

「今日はありがと。荷物のことも、あの男のことも」

「どっちも解決したきゃ、さっさと彼氏を作ることだな。それが一番手っ取り早い」

「こんな目にあうんだったら、それも考えちゃうよね」

ずいぶん素直な反応に、ちょっと驚いた。

誰とも付き合わないと学校中に公言している戸祭からは考えられない台詞《せりふ》。

「そうだな。泉ヶ丘君みたいな人だったら付き合ってもいっかな♪」

「そういう冗談はやめろ。あいにく俺にあざといのは通用しないぞ」

「そうかなー。意外と引っ掛かってたように見えなくもなかったぞ」

「どうだかな」

「それにさ、わたしたちって似た者同士でしょ？」

一瞬、どこが似た者同士だ——そう言いかけてやめる。

確かにそうかもしれない。

俺は一人でいるために周りにアンテナを張って様子を窺っている。だけど戸祭は、自分が敵を作らず立ち回るために周囲に気を使っている。そしてお互いに極めている。

向けているベクトルや目的が逆なだけで、やっていることは同じなんだろう。

事実、朱莉がクラスで良くも悪くも目立っていると気付いたのも俺たちだけだ。

「きっと同性だったら親友になれたと思うんだ」

「数年前だったら可能性はあったかもな」

「同性じゃなくて良かった♪」

戸祭はそう言って意味深な笑顔を浮かべた。

「ホントにありがとね。ちょっと見直したぞ」

「俺の方こそ悪いな。気を使わせちまったみたいで」

俺がそう口にすると、戸祭は満足そうに頷《うなず》いた。

「楽しかった。今日のお礼ってことで、またデートしようね♪」

「殴られるのは二度とごめんだね」

そう返すと、戸祭は小さく手を振り映画館を出て行く。

その背中を見送りながら、安堵《あんど》のあまり全身の力が抜けた。

……とりあえず、同居の件だけはバレていないようで安心した。

想定していた最悪は免れたわけだ。

「さすがに疲れた……帰るか」

今後はさらに注意をしなきゃならないが、考えるのは後でいい。

帰ろうと立ち上がると、映画館の入口から顔だけ覗かせてこちらを窺う人物がいた。

隠れきれてないんだが……確かに戸祭の言うとおりバレバレだ。

俺は朱莉に近づき声を掛ける。

「まだ後をつけてたのか？」

すると朱莉はそっぽを向く。

「ちょっとした用事って、デートだったんですね」

ほっぺを膨らませ、全力でへそを曲げていた。

「家族に隠し事をするのはよくないと思います」

「隠し事をしたつもりはなかったんだがな……」

いや、いくら言い訳をしても無駄だろう。

事情があったにせよ、ちゃんと話さなかった時点でそう取られても仕方ない。

「本当に、お二人はお付き合いをしているわけではないのですか？」

「ないない。不釣り合いにもほどがあるだろ？　話があるって言われて来てみたらどうでもいい話で、ついでに荷物持ちをさせられただけさ。心配させて悪かったな」

「信じますよ」

「ああ。朱莉が思っているようなことはない」

朱莉は安心したようで、ようやく俺に笑顔を向けた。

「颯人さん！　顔どうされたんですか⁉」

俺の怪我《けが》に気付いた朱莉は驚きの声を上げる。

「戸祭が変な男に絡まれてな、助けようとしたら殴られた」

「大丈夫ですか！　薬局でシップを買いましょう！」

「大丈夫だ。大したこと――」

答える間もなく朱莉に手を摑まれ、モールの中へ連行される。

朱莉らしい行動力に、少しだけ甘えようと思った。


その後、バスで来ていた朱莉とはシュガーモールで別れた。

俺は一人自転車で部屋まで帰ったんだが、部屋に上がると綺麗に掃除がされていて洗濯もばっちりしてある。

事情も話さず一人にしたのは悪かったな……。

そんなことを思いながら、ふとソファーに視線を落とした時だった。

思わず膝《ひざ》から崩れ落ちる。

「な……なぜこれが、こんなところに……？」

ソファーには、俺が隠し持っていた秘蔵の年齢制限雑誌が置いてあった。

しかもご丁寧に『押入れの奥に落ちていました。大切な物だと思うので置いておきますね』

と、朱莉のとても綺麗な文字で書置きまで添えられている。

確かに大切だけど！　大切にしすぎてどこにしまったか忘れてたけど！

『追伸　次に下着を買う時の参考にします』

そう――なにを隠そう、この雑誌は様々な下着をコンセプトにした半裸シリーズ。

レンタルとはいえ家族の女の子に性癖がバレるとか……エロ本を隠し持っていたのが母親に
バレた思春期男子の気持ちはこんな感じなんだろうか？　知らんけど。

「明日からどんな顔して会えばいいんだよ……」

頭を抱えて溜め息を吐きながら、既に乾いている洗濯物を取り込もうとした時だった。

「おいおい……またかよ」

今度はお気に入りのデニム柄のパンツがなくなっていた。

「これで三つ目だぞ……」

まさか下着泥棒か？　男物のパンツを盗むとか、どう考えてもヤバい奴なんだが……。

今度から朱莉には、パンツだけ部屋干しをお願いしよう。

＊

週が明け、いつものように一人で登校する。

先週末に比べれば、気分はだいぶ穏やかだった。

戸祭の意味深な発言も杞憂《きゆう》に終わり、朱莉との生活にも慣れてきた。

戸祭が忠告をしてくれたように今後の立ち回りには気をつけなければいけないが、ひとまず学校内でのお一人様生活は維持できそうだ。

今にして思えば、最初に疑われた相手が戸祭だったのは運が良かったと言える。

戸祭の言葉は信じていいだろう。

なぜなら、悪いようにするつもりなら、わざわざ呼び出してまで忠告をしたりしない。

それにあいつは、人を貶《おとし》めるようなことはしないタイプだ。

自分の魅力と立ち回りに自信がある人間は、他人を不当に下げることなんてしない。それよりも、いかに自分が自分らしくいられるかを大切にする。

早めに俺にアプローチしてきてくれた行動力には、むしろお礼を言いたい。

そんなことを考えながら廊下を歩いてる時だった。

「おっはよーう泉ヶ丘君♪」

「ぐはっ！」

振り返るより早く、ラガーマンよろしくタックルをされたような衝撃が背中を襲う。

だが、背中に感じるのは痛みではなくなんとも言えない柔らかさ。

なにかが俺と相手の間でクッションになり、衝撃を吸収してくれた？

ま、まさかこれは――。

「戸祭⁉　おまえなにしてんだ！」

振り返ると、戸祭が満面の笑みで俺の背中に抱き付いていた。

そう、背中を守ってくれたのは他でもない。

戸祭の豊かなEカップだった。

「離れろ！　離れてくれ！」

「大丈夫大丈夫。減るものじゃないから。むしろ刺激で増えるかも～♪」

「それは女の子が言う台詞じゃないだろ！」

次の瞬間、突き刺さるような視線を感じた。

俺が驚く以上に、廊下を行き交う生徒たちの方が驚いている。

あの戸祭羽凪《はな》が、男の背中に抱き付いている――？

「昨日はありがとね。わたし、男の子とあんなとこ（試着室）に入ったの初めて……」

「なっ……おまえなに言って――」

「それにね、男の子にあんなふうにされた（助けられた）の初めてだったんだよ……」

戸祭は顔を赤らめ、抱きついたままもじもじと身体をくねらせる。

「責任とって（これからも助けて）くれるよね……？」

「おまえわざと紛《まぎ》らわしい言い方してるだろ！」

俺が叫ぶと、戸祭は周りの生徒にバレないようにニヤリと笑顔を見せる。

案の定、生徒たちは何事かとこちらに目を向けてヒソヒソと話を始める。何事もなにも、どう聞いても俺が戸祭をアレなところに連れ込んでアレなことをしたようにしか聞こえない。

その場から逃げ出そうとするも、戸祭にがっちりホールドされて動けない。

そうこうしているうちに大勢の生徒に囲まれていく。

まずすぎる――俺は強引に戸祭を引き剝《は》がす。

「ああん！　待ってよぅ！」

すがるような声をあげる戸祭を無視して教室に逃げ込んだ。

「あいつ……朝っぱらからなに考えてんだ」

頭がおかしくなったのか？　いや、おかしいのは元々か。

冷静さを取り戻し、何事もなかったかのように顔を上げた時だった。

クラスメイトが一斉に俺に視線を向けてきた。

「…………?」

普段は俺が来ても無反応な連中がどうして?

戸祭に抱き付かれたことは、まだクラスメイトは知らないはず。

疑問に思いながら自分の席に着き、鞄《かばん》を机の横に掛ける。

顔を上げ、ふと黒板に目を向けた時だった。

「なんだこりゃ……」

思考がとまる――。

「酷いよ泉ヶ丘君! 先に行っちゃうなんて――」

戸祭は教室に入ってくるなりまた抱き付いてくる。

それを見て驚きに声を無くすクラスメイトたち。

だが、今の俺はそれどころではなかった。

「どうしたの? 泉ヶ丘君」

戸祭は俺の様子を察したのか、抱き付いたまま俺の視線の先に目を向ける。

「え……なにこれ? どういうこと?」

そこには、まさかの文字が書かれていた。

『泉ヶ丘颯人と月夜野朱莉の交際疑惑!? 週末に通い妻をするクラス委員長!』

カラフルなチョークで書かれた文字やハートマークが、余計にスキャンダル感を演出する。

文字の下には大きくプリントアウトされた写真が貼《は》られていて、それは朱莉が俺の部屋に出入りする瞬間や商店街を並んで歩いている姿を写したものだった。

足元から、全てが崩れ落ちるような気がした。

「みんな、おはよう」

最悪のタイミングだった。

朱莉がいつものように笑顔で教室にやってくる。

だが、その表情は一瞬で凍りついた。

次の瞬間、クラスメイトたちが弾《はじ》けるように朱莉を囲み質問攻めを始める。

その内容は当然、黒板に書かれている内容の真偽について。

教室の入口と端で離れている俺たちは、遠いながらに視線を交わす。

どうしてバレたのか――？

頭の中には、その疑問だけが、ぐるぐるとまわり続けた。

5 二人の嘘と、彼女の事情

昼休み、俺《おれ》と朱莉《あかり》は駒生《こまにゅう》先生から教育相談室に呼ばれていた。

理由は当然、朝の黒板の一件について。

教育相談室はキャリアガイダンス棟の二階にあり、教室のある中央棟からは連絡通路がなく中庭を通りぬける必要があるため少し距離を歩くことになる。

隣で歩いている朱莉は、ずっと不安そうな表情を浮かべていた。

「大丈夫でしょうか……？」

弱々しい言葉で尋ねてくる。

「どうだろうな……」

正直わからない以上、安易に優しい言葉をかけても仕方がない。

俺はそう答えながら、朝の出来事を振り返る。


俺と朱莉の交際疑惑にざわめくクラスメイトたち。

ご丁寧に証拠写真までついていれば、ただの噂《うわさ》では済まないだろう。

どうする――？

このまま無言を貫けば、それはもはや肯定に近い。

最小限の騒ぎで収めるには、一刻も早く周りが納得できる理由で否定しなければならない。

俺は戸祭《とまつり》に抱き付かれたままなのを忘れ、必死に頭をフル回転させて考える。

クラスの連中が、朱莉が俺の部屋に出入りすることを、少なくともやましいことじゃないと納得する理由。さらには、噂を聞きつけるだろう教師たちも納得させられる理由。

時間にして数秒――一つの方法が思い浮かぶと同時、口にしていた。

「俺たち、親戚なんだ――」

俺の言葉に、クラスメイトたちが朱莉から俺に視線を移す。

その反応を見て、一気にまくしたてた。

「月夜野《つきよの》の家とは昔から親戚付き合いがあってお互いの家を行き来していたんだが、月夜野は家族の事情で引っ越してな。それからしばらく会ってなかったんだが、この春から月夜野だけこの街に帰ってきて一人暮らしをしながらこの高校に通うことになったんだ」

クラスメイトは黙って俺の話に耳を傾ける。

「春休みに久しぶりに再会してな。懐かしくて思い出話に花が咲いて、休みの日に昔行った場所に出掛けたり、部屋に呼んで話し込んだりしたんだ。月夜野にとっては俺が近くにいる唯一の親戚だから、親に世話を頼まれてるのもあってな」

親に世話を頼まれているのは俺の方だが、とっさの嘘としては合格だろう。

「皆に黙っていたのは、俺たちの家の事情だから話す必要はないと思っていたからだ」

俺が話し終わると、クラスメイトたちは小声で話し出す。

「月夜野さん、ホントなのー?」

声を上げたのは戸祭。俺に抱き付いたまま朱莉に尋ねた。

朱莉は一瞬だけ戸祭に敵意を込めた視線を向けたが。

「うん。実はそうなの。泉ケ丘《いずみがおか》君と会ったのは十年ぶりくらいかな。昔とずいぶん街並みも変わってわからないことばかりだから、色々と助けてもらってるの」

朱莉はうまいこと話を合わせたんだが、戸祭が朱莉をじっと見つめる。

まずい――戸祭は恐らく嘘やごまかしを見抜くタイプの奴だ。

頼む。なにかの間違いでいいから信じてくれ――そう願っていると。

「そっか。嘘を吐いてるようには見えないし、ホントなんだねー。びっくり!」

戸祭は納得した様子で笑顔を浮かべた。

安堵《あんど》のあまり、思わず体の力が抜ける。

「なんだなんだ、そうなんだ~♪　そうとわかればわたし、月夜野さんとはもっと仲良くなれそうかも！　親戚なら少なくともわたしのライバルにはならなそうだもんねー♪」

語尾を思いっきり上げながら俺に同意を求められても全力で困る。

頼むから冗談はその辺にしてくれ。状況が状況だけに、クラスメイトに対しても朱莉に対してもシャレにならん。これ以上、余計なスキャンダルはごめんだ。

戸祭の件は、もはや手遅れな気がしなくもないが……。

「なにを朝っぱらから騒いでいる。今日の私は婚活アプリで出会った男に食事中にバックれられてすこぶる気分が悪い。おかげで二人分の代金を払わされる羽目になった上に、周りの客は若いカップルばかり。どうせラブホの時間までの暇潰《ひまつぶ》しだろう！　結局男は若い女がいいのか！　自立したアラサー女子を舐《な》めるなよ。若いだけの女子高生なんて滅びてしまえ――」

週末の残念な結果報告をしながらやってきた駒生先生は、黒板を見て口を噤《つぐ》む。

次の瞬間――そこには嫉妬《しっと》に燃えるアラサーの鬼がいた。

あまりの凄みに駒生先生の近くにいた生徒が一斉に散っていく。

「ほう。これはこれは、ずいぶんうらやま……不健全な話だなぁ」

うらやましいって言いかけませんでした？

「泉ヶ丘、月夜野」

「「はい……」」

そんな冗談なんて言えるはずもなく。

「昼休み、教育相談室までこい」

ましてや、嫌だなんて言えるはずもない。

「さあ、この話は終わりだ。さっさと席に着けクソガキども」

駒生先生の一喝で大人しく席に戻るクラスメイトたち。

気が付けば、戸祭はさっさと俺から離れて我関せず。

何事もなかったかのように、自分の席で大人しくしていた。


その後は修羅場《しゅらば》だった。

ただでさえクラスが俺と朱莉のスキャンダルに沸いているところに、戸祭が廊下や教室で抱き付いてきたせいで悪い噂がクラスどころか学年を超えて一気に拡散する。

昨日までは平穏だった俺の学校生活が完全終了のお知らせ。

俺が一年間かけて積み上げてきた孤独耐性はほぼゼロと言っていい。

仕舞いには休み時間の度に、他のクラスや他学年の生徒が様子を窺《うかが》いにやってくる始末。

中には戸祭のペットの連中もいるのに、当の本人は気にせず休み時間になる度に俺に接触してくるせいで彼らの視線に殺意が籠《こ》もる。

結局、俺の休み時間は好奇の視線に耐え続けて終わった。

まさか童貞の俺が、二股《ふたまた》疑惑のヤリチン野郎という汚名で一躍時の人となろうとは……。

俺と朱莉の件については、その場しのぎで吐いた嘘に多少の効果があったようで、クラスメイトたちの反応は半信半疑といった様子だった。

だが半分でも信じてくれているのは、正直言って戸祭のおかげだろう。

クラスの中心人物は、時にクラスの総意すらも動かす力がある。戸祭が信じてくれたおかげで、戸祭が信じるのなら——という空気は少なからずあった。

だからと言って、戸祭に感謝するべきか判断に迷う。

この状況の原因の半分は戸祭だし、なにより戸祭は俺と朱莉の関係を疑っていた。

わざわざ忠告をしてくれた戸祭が言いふらしたりしないだろうし、戸祭のキャラクターや人間性を考えれば違うとは思うものの、そんなものは俺の期待でしかない。

戸祭が言いふらした可能性だって十分に考えられる。

だとしたら、戸祭が俺たちの話を信じるのもおかしな話だが……。

いや、いい。その辺りを考えるのは後だ。

今は駒生先生への対応をどうするか？

そんなことに思慮を巡らせているうちに、教育相談室の前に着いた。

「返事はしなくていいから聞いてくれ。今からこの中で俺が話すことには、基本的に同意をしてくれ。先生相手じゃどうにもならないかもしれないが、できる限りやってみる」

そう声を掛けると、朱莉は小さく頷《うなず》いた。

俺は扉にそっと手をかけ、深呼吸をしてから開ける。

「「失礼します」」

「来やがったな、リア充《じゅう》どもが」

中ではすでに駒生先生が足を組んで座っていた。

「とりあえず二人とも座れ」

俺たちは用意されていた二つの椅子《いす》に並んで腰を掛ける。

「さっそくだが、泉ヶ丘に聞きたいことがある」

「はい」

「率直《そっちょく》に答えてくれ。遠慮はいらん」

「わかりました」

どんなことを聞かれるのか？

思わず身を引き締めた時だった。

「私が結婚できない理由はなんだと思う？」

「……はい？」

幻聴が聞こえた気がした。

思わず朱莉と目を見合わせる。

「えっと……できれば聞き間違いであって欲しいので、もう一度いいですか？」

「人の話はちゃんと聞け。いいか、私が結婚できない理由を聞いている」

幻聴じゃなかったらしい。

マジか。

「あの、とりあえず俺に意見を求める理由を伺ってもいいですか?」

この人は、いったいなにを言っているんだろうか?

「実は婚活アプリの戦果が芳しくないんだ……マッチングするにはするんだが、なかなか会えない。会えたとしても二度目に繋《つな》がらなくてな。結局は昨日もそうだ……食事中に逃げられてアプリ内でもブロックだ。せっかく年下男をゲットするチャンスだったのに」

「はぁ……」

「会う時は身なりや化粧にも気を付け、服や下着も新調するなど自分なりにできる限りのことはしているつもりなんだがな……原因がわからない。そこでだ、学校で一位二位を争う美少女を両方まとめて虜《とりこ》にするおまえに男としての意見を聞かせて欲しい」

盛大すぎる誤解なんだが、駒生先生は婚活の話になると妥協がない。

言い訳をするよりも、ここは適当にそれっぽいことを言って流した方がいい。

「えっと……とりあえず、アプリのプロフィールを見せてもらっていいですか?」

「うむ」

差し出されたスマホを覗《のぞ》いて驚く。

そこには、加工アプリで盛りに盛られたプロフィール写真が写っていた。

他にも、いわゆる奇跡の一枚と言われても仕方がない写真が多数。誰《だれ》だよこいつ。

しかも年齢が見事にサバよんであって実年齢より五歳も若い二十四歳になっていた……そりゃ昨日の大学生が逃げたくなる気持ちもわかる。ある意味詐欺《さぎ》だろこれ。

責任とれとか言ってごめんな大学生。君も被害者だったのか。

会ってはみたものの次に繋がらない理由は、傍《はた》から見たら明らかすぎだ。

「えっと……先生は性格がやや大雑把なところもありますが、いざとなれば面倒見のいい姉さんタイプだと思いますし、年下には一定の需要があると思います。年上だとしたら理解のある対等なパートナーでしょうか。逆に女性に可愛《かわい》らしさを求めているタイプとは相性《あいしょう》が悪いでしょうね。なので、もし婚活が上手《うま》くいかないのであれば、お互いの需要と供給がマッチしていないのが原因かなと。あと写真盛りすぎなのと、年齢詐称は絶対ＮＧです」

俺が率直に口にすると、駒生先生はメモを取りながら聞いていた。

メモ取りながらとか学生かよ。

でも凄く必死なのがちょっと可愛いが。

「なるほど……需要と供給のマッチングか。確かに……」

それよりも最後の二つが重要なんだが、二度は言わないでおいた。

ぶっちゃけ婚活アプリをやる男女って時点ですでに、需要と供給のマッチングなんて成立してないんだけどな。女性は本気で相手を探しているのに対し男は基本ワンチャン狙《ねら》い。それでも確率や可能性を上げるとすれば——。

「後はタイプをしっかり絞るとか。ちなみに先生の好みのタイプは？」

「よくぞ聞いてくれた！」

駒生先生は嬉々《きき》として語りだす。

「私のタイプを一言でいうのなら、生活力がある男性だ。稼ぎがいいとか家事ができるとかそんな意味ではなく、いざとなれば極限状態で生き抜く術を持っている人。金なんぞ別にどうでもいい。自分と大切な人の二人が生きていくだけなら、そんなに金は必要ない」

極限状態で生き抜く術ってなんだよ。

ゴキブリみたいな男がいいってことか？　あいつらの生命力はマジでやばい。なにしろ核戦争後にも生き残る最後の生物って都市伝説があるくらいだ。極限にもほどがある。

「ちょっとよくわからないんですが」

「そうだな……これを見てくれ」

そう言って差し出したスマホには、とある動画が流れていた。

一人の中年男性が森に囲まれた山奥で魚を捕ろうとチャレンジする動画らしい。

男性が手にしているのは細長く柔軟性のある植物の皮。

それを中心で十字に重ね、さらにその間に十字に重ねて米の字のように固定する。その間を植物のツルで円状に編み込んでいくと、とんがり帽子のような籠ができた。

その先に、同じように作成した先端の開いている三角錐の蓋《ふた》を逆さにはめ込む。こうすることで、魚は侵入できるが脱出はできない構造になっているらしい。

中に小さなエビやカニをいれて川の中に沈めておくこと一晩——翌朝、罠《わな》を川からあげて蓋を開けると、中には塩焼きに丁度いいサイズの魚が三匹ほど入っていた。

なるほど。モリなどで突こうと追っても逃げられるなら、こうして罠を張ればいい。

ちなみにこの籠を作成した編み込み技術を応用すれば、籠だけでなく傘や帽子にサンダルなども作成できるらしく、動画の中で色々と紹介されていた。

最後は焚火《たきび》で焼いた魚をかじりながら、お決まりの笑顔で横ピース。

動画のタイトルは——。

『ブッシュクラフト親父の日常。シーズン２——第三話　魚を捕ろう』

「親父いいいいいいいいいいいいい！」

思わずスマホを握りしめて叫ぶ。

俺の親父のチャンネル動画だった。

「そう、ブッシュクラフト親父だ。この方のように生きていく力を持った人がいい」

どこか乙女な瞳《ひとみ》で親父を見つめる駒生先生を見て頭を抱える。

駒生先生のいう好みのタイプは、ゴキブリではなく俺の親父だった。

「駒生先生、違うんです。泉ヶ丘君が言ったのはブッシュクラフト親父という意味ではなく、この方が泉ヶ丘君のお父様という意味です」

余計なことを言わないでくれ――と思っても時すでに遅し。

「な、なんだ……と……？」

驚きに顔が歪《ゆが》んだ次の瞬間、がしっと両肩を摑《つか》まれた。

「紹介してくれ！　結婚を前提にお付き合いしたい！」

「嫌です！　ていうか無理です！」

「なぜだ！　紹介してくれるならおまえの内申点を満点にしてもいい！」

教師が生徒とそんな取引しちゃダメだろ。

「ご紹介するもなにも、ご存じのとおり親父は山籠《ご》もりしてて音信不通なんですよ。俺だって連絡取りたいのはやまやまなんですが一年以上も連絡取れないんです！」

駒生先生は悔しそうにうな垂れる。

担任がワンチャン母親とかマジで勘弁してくれ。

「そうか……残念だ。連絡が取れたら母親候補として紹介して欲しい」

死んでも嫌ですとは言わないでおいた。

リアクションしたら負けな気がする。

「じゃぁ、もう行っていいぞ」

「「え？」」

俺と朱莉は口を揃《そろ》えて疑問の声を上げる。

「いや、俺たちって朝の件で呼ばれたんじゃ……」

「ん？　ああ、そういえばそうだったな」

駒生先生はスマホをポケットにしまい、軽く咳払《せきばら》いをしてごまかした。

「改めて聞くが、おまえらは親戚で、噂にあるような関係じゃないんだな？」

「はい。そうです」

俺はクラスメイトに対してそうしたとおり、駒生先生にも嘘を吐いた。

先生が相手では、いずれバレるだろう——だが、一時しのぎでもいい。

それまでに、なんとか事を収める方法を模索できれば充分だ。

「ぶっちゃけ私は、おまえたちが親戚かどうかなんてどうでもいい」

「え……」

まさかの発言に思わず言葉を無くす。

「さらに言えば、泉ヶ丘が月夜野と戸祭に二股をしていようが極《きわ》めてどうでもいい」

駒生先生は本当にどうでもよさそうにそう口にした。

「始業式の日にも言ったが、私はおまえたちの面倒を見ない代わりに縛りもしない。今回の件は噂が広まってしまっているからな、必要であれば学校への説明や対応は最低限してやる。だが、噂されるのが嫌なら生徒たちへの対応は自分たちでしろ。私は一切《いっさい》手を貸さないから、自分のケツは自分で拭くんだな。好きにするってのはそういうことだ」

駒生先生は男の話をしている時とは真逆、真剣な面持ちで口にした。

「特に泉ヶ丘、おまえみたいに若いくせして達観し、全《すべ》てをわかっているような顔をしたガキは大人に手を出されるのは嫌だろう?」

それこそ駒生先生は、全てをわかっているような口調でそう言った。

この人は雑なんだか細かいんだかよくわからん。

「ご理解いただき感謝します。先生の教育方針、俺は結構好きですよ」

「感謝しているなら親父殿を紹介するんだな」

それとこれとは話が別だろと思いながら俺は一礼する。

朱莉も続いて一礼し、俺たちは教育相談室を後にした。


教育相談室を後にしたその足で、俺たちは屋上に来ていた。

昼休みも終わりが近いためか、屋上には誰もいない。

空は雲一つない快晴で、遠くの山々がよく見える。今年は三月に雪が降り山頂にはまだ僅《わず》かに雪化粧が残っているが、この暖かさならあと数日で溶けるだろう。

今の俺たちの心境とは真逆――陽気な日差《ひざ》しが、少しだけ複雑だった。

「ここらが潮時だろうな」

口から本音が漏《も》れた。

「潮時と仰《おっしゃ》いますと……?」

尋ねるその声が、僅かに震える。

「レンタル家族契約を解消した方がいいと思ってる」

朱莉の表情が、明らかな動揺を見せた。

「まさかこんなに早く周りにバレるとは思っていなかった。俺も上手くやっていけるんじゃないかって思っていた。でも、結果としてバレた。幸いにも、俺たちが週末に同居しているのまでは知られていないみたいだが……それもいつ知られるかわからない」

「……」

「これから先、お互いに平穏な学生生活を送るためにも解消した方がいい」

クラスメイトに全てがバレるリスクだけじゃない。

そうすれば、朱莉も好きな人に遠慮をする必要もなくなるだろう。

俺だけがあれこれ言われるのならいいんだ。周りの噂や誹謗《ひぼう》中傷なんて、お一人様生活を送ろうと決めたあの日から、最悪のケースとして覚悟をしていたこと。

それで誰も俺に拘《こだわ》らなくなるなら、いっそそうなってしまえとすら思う。

ただ、俺のせいで朱莉が不憫《ふびん》な生活を強いられるのだけは耐えられない。

全ては、レンタル家族契約を結んだせいなんだから。

「…………」

朱莉は俯《うつむ》いたまま、なにも答えない。

理解はしてくれても、納得はしていないんだろう。

でもそれでいい――いつか、この選択をして良かったと思える日がくるはずだ。

今ならまだ間に合う。

嘘で塗り固めた学校生活よりはきっとマシだ。

俺は自分にそう言い聞かせ、一人先に屋上を後にした。

*

それから金曜日まで、状況は改善どころか悪化していった。

クラスメイトが俺たちに直接聞いてくることはなかったが、噂だけは広がっていく。

そんなことはお構いなしに、戸祭は相変わらず俺に絡《から》んでくるから始末が悪い。

教室にいても廊下を歩いていても、端々で感じる好奇の視線。

そのくらいならまだいいんだが、地味な嫌がらせも受けた。靴を隠されたり、机にゴミを入れられたり。おそらく朱莉や戸祭に好意を寄せる男たちの仕業《しわざ》だろう。

ある意味、二人の人気のほどが窺える。

そんな中、朱莉は一人孤立して辛《つら》そうだった。

可哀想《かわいそう》だが……今はなにもしない方が朱莉のためだろう。

人の噂も七十五日——今を耐えればいずれ落ち着くはず。

朱莉なら、今までのようにとはいかなくても、それなりの高校生活を取り戻せるはずだ。


そんなことを考えながら迎えた週末。

俺は久しぶりに自分で家のことをやっていた。

「よし。次は洗濯だな」

部屋に掃除機をかけ終えた俺は洗面所へ向かう。

洗濯機のスイッチを入れて洗剤を手にすると。

「あれ……洗剤なくなってんじゃん」

一人で生活をしていた時は把握ができていたから切らすなんてことはなかった。

こんなところですら、朱莉に頼りっぱなしだったことを自覚する。

だが、もう朱莉が家に来ることはない。

「これからは、また自分のことは自分でする生活に戻るんだな」

当たり前だった生活に戻るだけ。

ようやく失った孤独耐性を取り戻すことができる。

望んでいたはずなのに、少しだけ複雑な思いだった。

「コンビニで……買ってくるか」

俺は源さんをハウスに戻し、財布を持って部屋を後にする。

向かう途中に公園で見た桜は既に散り、なんとも寂《さび》しげに瞳に映った。

朱莉が初めて来たときはまだ、桜は満開だったな——そんなことを思うと、この僅かな間に起きた色々なことを嫌でも思い出してしまう。

なんでこんな気分なんだクソ。

俺は頭を振って考えないように思考を振り払う。

コンビニで洗剤を買って部屋に戻り、ドアに鍵《かぎ》を挿した時だった。

「あれ……そういや鍵を掛け忘れてたな」

考え事をしていたとはいえ、我ながら不用心過ぎるだろ。

そんなことを思いながらドアを開けた時だった。

「え……?」

ドアを開けた瞬間、言葉に詰まった。

そこには、毎週末の見慣れた光景があった。

「あ、お帰りなさい！」

「……朱莉？」

そこには、源さんを抱っこしている朱莉の姿があった。

まるで何事もなかったかのように、満面の笑みを向けてくれる。

「勝手に上がってしまって申し訳ありません。鍵が開いていたので、お留守番をと思って」

「なんで……どうしてきたんだ……？」

あれだけ言ったのに――どうして？

すると朱莉は一瞬だけ不思議そうな表情を浮かべた後、小さく笑った。

「おかしなことを聞くのですね。どうしてもなにも、ここは私の帰る家ですよ」

朱莉は笑顔でそう言いながら俺に歩み寄る。

「お洗濯をしようと洗剤を買ってきてくださったのですね。私も買ってきてしまいましたが、あって困るものでもないのでいいですよね？　すぐに洗濯機を回してしまいましょう」

俺が持っていた袋を手に取り、中から洗剤を取り出す。

「源さん、ちょっとおりこうにしててね」

朱莉は源さんを服の胸元《むなもと》にそっと入れた。

襟《えり》の隙間《すきま》からひょっこりと顔を出した源さんは大人しく朱莉を見上げる。

それを確認すると、朱莉は洗面所に行き空いた手で洗剤を入れスイッチを押した。

「これで後は待つだけです」

未《いま》だ状況が理解できず呆ける俺。

「お洗濯が終わるまで少し、お話でもしませんか？」

「あ、ああ……」

朱莉はそんな俺の手を取り部屋へと促した。

部屋に戻り、二人並んでソファーに腰を掛ける。

「どうしてきたんだ？　今の状況を考えれば、レンタル家族契約を解消した方がいいのは朱莉もわかってるだろ？　今はクラスで孤立して辛いかもしれないが、それは時間が解決してくれる。俺はともかく朱莉の今後を考えればそれがいいのは間違いない。今日こうして部屋に出入りしているのだって、誰かに見られているかもしれないんだぞ」

俺は一気にまくしたてる。

「それでも私は、家族契約を解消するつもりはありません」

朱莉ははっきりと口にした。

「颯人《はやと》さんが仰ることはよく理解をしています。それが二人にとって最善で、それが私のことを想《おも》ってくださる颯人さんの優しさなのもわかっています。それでも私は、クラスメイトになにを言われようと、孤立をしたとしても――」

強い意思を持った瞳が、真っ直《まっす》ぐに俺を見つめる。

「この生活だけは、絶対に手放しません」

不覚にも、その覚悟に満ちた表情を美しいと思ってしまった。

「そうか……」

それと同時、もはやなにを言っても無駄だろうとも思った。

どこかずれていて、マイペースで、たまにめちゃくちゃ思わせぶりで——正直どこまで本気で言っているのかわからなくなる時もある。

だが、この言葉が本気なのは疑うまでもない。

「どうしてそこまでこの生活に拘るんだ?」

出会って僅か数週間の関係だ。

そこまで固執する理由がわからない——。

「颯人さんには、どうして私がレンタル家族契約をお受けしたか、どうして転校をしてきたかについて、きちんとお話をしたことはなかったですね。颯人さんも私を気遣ってか、お聞きになることはありませんでした。だから、少しだけお話をしようと思います」

朱莉は僅かに考えるようなしぐさを見せる。

言いにくいことを、それでも言葉にしようと俺を見つめる。

「結論から言ってしまえば、私は実家から逃げ出してきたのです」

それは、意外な理由だった。

「私の家族は他の家族と比べて特殊なのです。普通の家族と呼べるような関係ではなく、私はそれに耐えられず悩んでいました。そんな時、快斗さんから偶然連絡をもらい、事情をお話ししたところ、この契約を提案してくださいました」

親父が……。

「住む場所や、生活に必要なお金のこと、その全てを面倒見ていただく代わりに颯人さんと家族として生活をするというご提案は、私にとって願ってもないことでした。生活の援助だけでなく、普通の家族に憧《あこが》れていた私にもう一度、しかも颯人さんと一緒に生活ができるようにしていただけるなんて、夢のようでした」

朱莉は胸を押さえて口にする。

「今の私には、この生活が全てです」

言葉はやがて、切実さを帯びて響く。

「この生活を続けられるのなら、学校でのことなど些細《ささい》なことにすぎません。どれだけクラスで辛い思いをしようとも颯人さんと一緒にいたいのです。他の誰でもだめなのです。私はもう一度、颯人さんと家族をやり直したい――」

初めて朱莉の事情を垣間《かいま》見て、どう応《こた》えていいかわからなかった。

朱莉の家庭は複雑な事情を抱えている。その詳細を口にしなかったのは、まだその全てを話すことはできないからだろう。同じ特殊な家庭で育ってきた俺には理解できる。

俺はどうするべきだろうか……？

ここまで言ってくれた朱莉のために、なにができる？

頭では契約を解消するのがベストだとわかっている。

だが、朱莉の気持ちを尊重したいと思っている自分もいる。

当たり前だが、もはやこれは自分一人の問題ではないんだ。

「それと……颯人さんに一つ、お詫《わ》びをしなくてはいけません」

俺が言葉にできずにいると、朱莉はそう呟《つぶや》いた。

「周りに私たちのことが知られてしまったのは、おそらく私のせいです……」

「どういう意味だ？」

朱莉は俯きながら続ける。

「実は……転校してきた当初から、嫌がらせのようなことをされていました」

「え……」

嫌がらせだと？

「クラスメイトにバレてからじゃなくて、もっと前からか？」

「はい。颯人さんから注意を促される前からです」

ほぼ最初からじゃねぇか……。

「机や荷物を荒らされたり……転校生ですから、全ての方に受け入れてもらうのは難しいと思いますし、そういった方もいる。仕方がないことだと思っていました。ですが、徐々にエスカレートしていき、最近では常に誰かに見られているような気配もしていて……」

マジかよ……それはもうストーカーだろ。

「心配をかけたくなかったのです。でも、もっと早く颯人さんにご相談をしていれば、こんなことにならなかったかもしれない。そう考えると本当に申し訳なくて……ごめんなさい」

胸の中に怒りが芽生える。

どうして朱莉が嫌がらせをされなければならない？

朱莉は慣れない環境でクラスメイトとも上手くやっていたし、本当は前に出て行くタイプでもないのにクラス委員長として頑張っていた。

「悪かった。気付いてやれなくて」

俯いている朱莉から鼻をすする音が聞こえる。

その姿を見て、自分の中でなにかが吹っ切れたような気がした。

もういい――あっちもこっちも悩んでいるのは、いい加減疲れるだけだ。

「わかった。まずは嫌がらせをしているストーカーが誰かはっきりさせよう」

気が付けば、そう口にしていた。

「たぶん今回の件は全部そいつが仕組んだことだ。理由はわからんが、単純にスキャンダルを楽しんでいるだけじゃなくて朱莉を不当に貶《おとし》めようとしてんだろう。放っておけばそのうちクラスの連中も飽きるだろうと思っていたが、誰かが仕組んでいるとしたら逆だ。放っておけば今より状況が悪化する可能性がある。そいつを締め上げてやめさせるのが先だ」

自分でも不思議でしかたなかった。

「方法はこれから考える。そうだな、とりあえずストーカーが男か女かもわからないから、なるべくおまえの傍にいるようにするよ。なにかあったら対処できるようにな。もちろん、傍にいるって言ってもクラスでのこともあるから、いざとなったら守れる距離でだが」

誰にも拘らないようにしていた俺が、こんなことを言うなんて。

「そうなると、急に生活スタイルを変えるのも相手にとっては怪しいか……親戚だって公言しているのに俺の部屋への出入りをやめると、逆に不自然に取られるかもしれない。また写真を撮られたとしても、しばらくは親戚ってことでどうにかなるだろ」

でも、なんとなくわかっている——。

「それは、レンタル家族契約を継続して頂けるということでしょうか？」

「その結論については改めて話し合おう。とりあえず延長って感じだ」

「颯人さん……」

「解消した方がいいと思っていたが、この状況なら話は別だろ？」

「ですが、本当にいいのですか？」

朱莉は申し訳なさそうに口にする。

それは、俺を気遣って言っているんだろう。

「そうだな……確かに俺は、一人でいることを望んでいた」

朱莉は自分の境遇を話してくれた。

だから俺も、少しだけ自分のことを話そうと思った。

「俺は今でこそこんなだが、中学の頃まではそれなりに友達も多くて、自分で言うのもなんだがクラスでも部活でも中心人物の一人だったと思う。だが、とあることがきっかけで俺の周りから皆が離れて行った。僅かに残った友達も、高校進学で離れたらそれっきりさ」

今じゃ中学の頃からの知人は一人もいない。

「なんか、疲れちまってさ」

思わず苦笑いが零《こぼ》れる。

「苦労して築き上げてきたものが、あっさりと崩れていくことに。その時に気付いたんだ。そうか……俺は苦労していたんだなって。友達と上手くやるために興味のないことに頷いたり、我慢したり、愛想笑いを浮かべたり。そうまでして維持していた友達関係ですら簡単に崩れてしまうくらいなら、初めから一人でいた方がよっぽど気が楽だって」

全部が全部、無駄な努力に思えて仕方がなかった。

「それからは友達を作ることもなく、一人でいるための努力をしてきた」

これが本音。

あの頃は俺もまだガキだったから、それなりにショックを受けたりした。

だから一人でいることを選んだし、そのスタンスはこれからも変わらない。

ましてや『本当に強い人間とは、一人で生きていく強さを持つ者だ――』という信条の下、孤独耐性を極める日々が変わるなんてこともない。

でも。でもだ――。

「それとこれとは話が別だ。朱莉は家族だからな」

お一人様でいたいという理由が、誰かを助けなくていい理由にはならないはずだ。

「颯人さん……」

「それにさ、レンタル家族契約書にあった親父が決めたルールにあっただろ？　『家族が困っている時は、全力で、無償で、無条件で支えること』この状況で朱莉を放っておいたら部屋を解約されちまう。そしたら家族契約の継続とか解消とかの話じゃなくなっちまうからな」

たぶん俺は、解消した方がいいと思いながら、一緒にいていい理由を探していたんだ。

その証拠に今、親父の決めたルールをだしに使ったくせに、こんなにも迷いがない――。

「ありがとうございます！」

「ぐあっ――！」

朱莉は感極《かんきわ》まったかのように、涙を浮かべたまま抱き付いてきた。

そのせいで、胸の辺りになんともいえない感触が伝わってくる。あまりの気持ち良さに決壊しそうになる自制心をぎりぎり保つ。

「朱莉……離れてくれ。こんな時に不謹慎だが、胸の感触が……」

「え……？」

朱莉はきょとんとした顔を浮かべる。

だがどうしてか、次の瞬間もっと強く抱き付いてきた。

「なんで⁉」

「家族としてのスキンシップです。どうぞご遠慮なく堪能してください」

「なにが家族としてのスキンシップだ！　なんでも家族って言えばいいと思ってるだろ！」

抵抗する言葉とは裏腹に、意識の全てが胸元に集中してしまう。

雫の時も戸祭の時も本当は思っていたことだが、もう我慢の限界だ……マジで気持ちよすぎて、なにもかもどうでもよくなってしまいそうになる。

さすが『おっぱいは海の神よりも多くの男を溺《おぼ》れさせた』って名言には完全同意しかない。

そんな魔力に溺れていると、なにやら胸の辺りがモゾモゾ動く。

なんだ？　なんで胸が動いてんだ？　そういう機能付きなのか？

なんてバカなことを思っていると、朱莉の谷間から源さんが苦しそうに這《は》い出《で》てきた。顔を出すと、疲れ切ったようにぐったりとして動かなくなる。

「あああああ！　源さああああああああああああああああああああん！」

「源さん！　ごめんなさい！　大丈夫⁉」

そう言えば、源さんは洗面所からずっと朱莉の胸元に入りっぱなしだった。

朱莉の胸で圧死しそうになった源さんを慌てて介抱する俺たち。

胸の圧力に恐怖を覚えると同時、少しだけ源さんが羨《うらや》ましかったのだった。


よし。源さんが元気になったら、ちょっとだけ頬《ほお》ずりさせてもらおう。


その土日、俺たちは今後について色々と話を進めた。

今起きている状況のおさらい、ストーカーと思われる人物への対策や、学校内での振る舞い方などなど。とにかく状況を悪化させないようにしつつストーカーを探す。

契約については保留として、今後の週末については、解決するまでは避けようということになった。

親戚という設定とはいえ、さすがに泊まりがバレたら完全にアウトだろう。

土曜の夜は一旦《いったん》帰り、日曜日にまた来て、夜にこうして家まで送っていた。

「すげぇマンションだな……」

朱莉の住むマンションには初めてきたが……ずいぶんいいとこだな。

十階以上はあるオートロックの高級マンション。

駐車場には高そうな車が並んでいて、明らかに富裕層が暮らすマンションだろう。

確か朱莉の生活費は親父がレンタル家族契約の費用から出していると言っていたが、いったいどれだけ払ってんだ？　どう見ても俺の住むアパートより高いだろ。

「今日は送っていただき、ありがとうございました」

「気にするな。明日からまた学校だが上手くやって行こう」

「はい。颯人さん、せっかくですからお茶でも飲んでいかれませんか？」

「いや、またの機会にするよ。全部片付いたら改めて」

ちょっと残念でもあった。

女の子が住む部屋とか男としては興味があるし、こんな可愛い子に夜中に部屋に上がっていかない？　なんて言われたら、色々期待してしまうのは男子高校生なら仕方がない。

女の子の胸の気持ち良さを知ってしまった童貞の自制心がもつだろうか？　孤独耐性は極める自信があっても、おっぱい耐性は極める自信は全くない。

まぁ……そんな可能性があるならとっくに俺の部屋で色々起きてるわな。

「じゃあ、また」

「はい。おやすみなさい」

俺は朱莉を見送り、マンションの入り口を後にして辺りを見回す。

さっきから向けられている視線と殺意の先に向けて、声を掛けた。

「いるんだろ？　出てこいよ」

俺がそう声を掛けると、駐車場の車の陰から人影が姿を現した。

手に光る刃物が灯りに照らされてキラリと光る。

「ったく……そんなもの持ち歩いてると、そのうちお巡りさんに捕まるぞ」

「うるさい。いよいよお姉ちゃんの部屋までやって来てなにするつもりよ！」

そこにいたのは妹の雫。

相変わらず姉へのストーカー癖は治っていないらしい。

「なにかするつもりならとっくに手を出してるっつーの」

「どーだか。どうせお姉ちゃんが泊まりにきた時に手を出す勇気がないだけで、寝静まった後に肘がぶつかる振りしておっぱい触ったり、お姉ちゃんの寝相が悪いのをラッキーとか思ってはだけた胸元を覗きながら夜な夜なおかずにしてんでしょうが！」

「おかずにはしてねぇよ！」

だいたい合ってるけどそこは我慢してるわ！

「それで、私になんの用よ」

「おまえ、晩飯は食べたか？」

「え？　食べてないけど……」

「だろうな。昼間から部屋の周りをうろちょろしてんの気付いてるぞ。どうせ昼飯も食べてないんだろ？　育ち盛りなんだからちゃんと食わないと胸も大きくならないぞ」

「同級生の子たちと比べたら大きい方よ！」

ガルルルルって感じで敵意をむき出しにする。

だが、今では威嚇《いかく》しているポメラニアンにしか見えない。

「俺も晩飯まだなんだ。奢《おご》ってやるから食べに行こうぜ」

「はぁ？　あんたなんかとご飯なんて行くもんですか！」

「そうか。そりゃ残念だ。近くに旨いハンバーグ屋があってな。しかもそこ、デザートの食べ放題もついててそりゃもう、若い女の子に人気の店なんだがな」

「で、デザートの食べ放題……？」

雫は口元をじゅるりとさせる。

「誘って悪かったな。じゃ、気を付けて帰れよ」

「ま、待ちなさい！」

雫はダッシュで俺に近づき袖《そで》を捕まえる。

「も、モンブランはあるかしら？」

口元をじゅるりとさせながら聞いてくる。

「おう。そりゃもう、もっちもちのモンブランがな」

「も、もっちもち……」

食べたことないから知らんが。

「仕方ないわね。そこまでいうなら話くらいは聞いてあげようじゃない」

「お？　本当か？　そりゃありがたい」

怒りが食欲に負けた瞬間パート２。こいつチョロすぎるだろ。

そのうち食べ物を餌に悪い大人に誘拐されそうで心配だ。

「じゃあ、とりあえず店に行こうぜ」

「ええ。さっさと案内するがいいわ」

こうして俺は、情緒不安定な子犬の餌付《えづ》けに成功した。

一応、お店の人に通報されそうなので裁《た》ちばさみは回収しておこう。


「お、おいしい！　なにこれ！　信じられない！」

「俺はおまえの食欲の方が信じられないわ……」

目の前にはものすごい勢いでハンバーグを貪《むさぼ》る雫の姿があった。

どんだけ腹が減っていたのか？

追加注文を繰り返し、すでに三つ目のハンバーグを平らげている。

見ているこっちが胸やけをしそうだ。

「ごちそうさまでした！　次はケーキね！」

「やっぱりケーキも食べるのかよ」

甘い物は別腹なんて聞くが、その小さな体のどこに入るんだ？

雫はバイキングコーナーからケーキを三つ持ってきて、席につくなり貪り始める。ちなみに三つのケーキのうち二つはモンブランだった。

「食べながらでいいから聞いてくれ。おまえに一つ、頼みがある」

「頼み？　なによ。また下着姿を見せろとでも言うつもり？」

「そういう台詞《せりふ》は見せられるくらい魅力的になってから言え」

そう皮肉ると、雫は俺を睨《にら》みながらイチゴのショートケーキに手を付ける。

「実は朱莉がストーカー被害にあっている」

そう言った瞬間、雫はスプーンをテーブルに落とした。

「嘘でしょ……？」

「本当だ。まさかおまえ以外にストーカーがいたとはな」

「私はストーカーじゃないわよ！　ただお姉ちゃんが心配で見守ってるだけ」

その発想が既にストーカー心理なんだよなぁ。

なんて言ったところで当人に伝わらないからストーカー行為は社会問題にまで発展し、度々世間を賑《にぎ》わせているんだが、食欲の権化《ごんげ》と化した雫に言ったところで無意味すぎる。

「俺と朱莉の関係がクラスでバレてしまって、そいつに暴露された可能性が高い。家に出入りしている写真まで撮られてな。幸い泊まり込みはバレていないようだが、そのせいで朱莉の立場が危うい状況になってる。ストーカーを突きとめるために力を貸してくれ」

そう伝えると、雫はショートケーキを食べきって俺を睨みつけた。

「ストーカーを突きとめるより、契約解除した方が早いでしょ」

不満そうに言いながら、二つ目のモンブランに手を付けて幸せそうな表情を浮かべる。

「俺もそう思ったんだがな、どうもそれだけじゃ解決しないらしい」

「どうしてよ」

「単純な色恋のスキャンダルとして相手が楽しんでるだけならそれで解決なんだが、相手が朱莉に対して個人的に嫌がらせをしているみたいなんだ。そうなると契約を解除しても嫌がらせが続く可能性が高い。犯人を突きとめて、やめさせない限りはな」

「ふーん……」

「おまえが俺に協力したくないのはわかってる。でもお姉ちゃんを助けるために協力してもらえないか？　もちろんタダでとは言わない。今度は焼肉奢るからさ」

「焼肉……」

甘い物を食べてる時だってのに肉に反応するとか、どんだけ食いしん坊だよ。

でもだいたいこいつの扱いはわかった。キーワードは姉と食べ物。

「わかった。協力はするけれど、あくまでお姉ちゃんのためだから。解決したら、私はまたあんたとお姉ちゃんの同居生活をやめさせようとするからね。それは覚悟しておきなさい」

「了解。おまえには、おまえにしかできないことを頼みたいんだが――」

それから俺は、この二日で考えた計画を雫に伝える。

それは、雫の特性を考えれば彼女にしかできないことだった。

6 意外な協力者と、ストーカー対策

翌日の月曜日から、ストーカー探しが始まった。

俺《おれ》と朱莉《あかり》の件について、クラスメイトたちは多少落ち着いてきたものの依然として好奇の視線は続いている。次になにかネタがあれば、さらに炎上するのは避けられない。

早くストーカーを特定し、現場を押さえなければならない。

自分の席でそんなことを考えながら、スマホでとある通販サイトを見ていた。

「結構いい値段するなぁ……」

相手は朱莉が俺の部屋を出入りするところをカメラで盗撮していた。

ということは、少なくとも俺の部屋から見える位置で盗撮をしていたはずだ。

だとしたら、相手を特定するためにできることがある。だがその方法は、一度写真を撮られた今、あまり期待できる策とは言えないかもしれない。

それでも可能性があるのなら、金額は気にしてはいられないだろう。

「おっはよーう泉ヶ丘《いずみがおか》君♪」

「いってぇ！」

ie ni kaeru to
kanojyo ga kanarazu
nanika shiteimasu

背中から思いっきりタックルされた。

もはや誰《だれ》かなんて言うまでもない。

「顔が怖いぞ。もっと笑顔でいなくちゃ♪」

戸祭《とまつり》は相変わらず飄々《ひょうひょう》とした様子で口にする。

「悪かったな。目つきが悪いのは生まれつきなんだ」

クラスメイトの視線もあり、戸祭に視線も返さずに淡々と答える。

今さらと言われそうだが、全《すべ》てが解決した先のことも考えなければいけない。改めてお一人様理論を実践し、周りに対する対応をニュートラルにしていく必要がある。

「そんなことないでしょ。わたしを助けてくれた時はもうちょっと良い顔してたぞ」

「……忘れろ」

戸祭は小さく笑う。

「助けてくれた時といえば、あの先輩にはわたしから話つけておいたから仕返しとか心配しなくて大丈夫だよ。今度変なことしたらオトモダチ全員連れて行くって脅しておいた」

「問題はそのオトモダチたちが、俺に殺意に満ちた視線を向けてることなんだが……」

溜め息を吐きながら言うと、戸祭は『ホントにねー』と口にする。

本当にこいつ、わかってんのか心配なんだが。

「それで、おまえはいいのか？　クラスで俺と月夜野《つきよの》さんがどんな状況かわかってるだろ？

俺なんかに構ってるせいで、おまえまで余計な噂《うわさ》たてられてるじゃねぇか」

こうしている今も、クラスメイトたちの微妙な視線を感じずにはいられない。

「なになに？　わたしの心配してくれてるの？　やっさしーい♪」

「違うわ。色々と面倒なことになりそうだから言ってんだよ」

「大丈夫よ。むしろわたしと泉ヶ丘君の噂ならもっとやれ！　くらいに思ってるし、わたしそういうくだらない噂話とか一切《いっさい》気にしないタイプだからさ」

「おまえはいったいどこまでポジディブなんだ……」

自分のペースを崩さない戸祭らしい。

「それでさ、改めてあの時のお礼ってことでデートしよう」

「はい……？」

この状況で、マジでなに言ってんだこいつは。

「遠慮させて――」

断ろうと思ったんだが、不意に思いとどまった。

どちらにせよ、戸祭には一度、話を聞かなければならない。

戸祭は早い段階で俺たちの事情に少なからず気付いていた。

暴露した可能性のある人物として、可能性がゼロなわけじゃない。

「わかった。俺もおまえに話があるんだ。いつにする？」

「今日の放課後」

「今日⁉　さすがに急すぎるだろ。それに放課後じゃあんまり時間ないだろ」

すると戸祭は俺の耳に顔を近づけ。

「夜は長いって知ってる……？」

「なっ……」

やたらと甘い声で囁《ささや》いた。

「じゃ、よろしくね～♪」

上機嫌で手を振りながら自分の席に戻る戸祭の姿を見送る。

いまだ耳元に残る感触に、ペットたちの気持ちが少しだけわかった気がした。

あのあざとさは、俺以外の男だったら完全に勘違いしているな。


放課後、戸祭に学校からだいぶ離れた喫茶店《きっさてん》に呼ばれていた。

学校から駅を挟んだ反対側。小さな裏路地に佇《たたず》むｒｕｄａｎ‐ｃａｆｅというお店。

基本的にはカフェなんだが昼はランチを提供し、夜にはバーとなるオシャレなお店。地元の女子大生やＯＬに人気のあるスポットとして注目を集めているらしい。

現に今、店内に男は俺だけだった……居心地が悪すぎる。

女性たちに囲まれながら学生服の男子高校生がお一人様とか拷問だろ。しかもお姉様方は俺なんて気にせず女子トークを繰り広げていて、結構エグイ話がバンバン聞こえてくる。どれだけエグイかは想像にお任せしたい。下ネタ方面でだいたい合ってる。

にしても……約束の時間通りにきたんだが、戸祭は十五分経ぎてもやってこない。

「本当にマイペースな奴だな……」

不満を口にしながらコーヒーを飲んでいる時だった。

「お待たせ～！」

顔を上げると、入口に戸祭の姿があった。

周りの客の視線を気にすることなく手を振っている。

「ごめんごめん」

戸祭は舌を出して謝りながら俺の前に座った。

「言い訳っぽく聞こえるかもしれないけど、わざと遅れてきたんだよ」

「わざと？」

「今日は泉ヶ丘君とちょっとだけ真面目《まじめ》なお話がしたかったから、オトモダチ君たちに後をつけられてもいいように遠回りして巻いてきたの。邪魔されたくなかったからね」

戸祭はそう言いながらテーブルに肘をついて俺を見つめてくる。

どこまで本当かわからんが、わざわざ遠い店を選んだあたり考えてはいるんだろう。

「ねえ、泉ヶ丘君」

「なんだ？」

「わたしたちさ、付き合ってみない？」

「ぶはっ――――！」

まさかの言葉にコーヒーを吹き出した。

こいつは笑顔でなにを突然言ってんだ？

「今までだって興味はあったんだよ。友達ができないわけでもないのに、なんでいつも一人でいるのかなーとかさ。でもこの前デートして、色々お話しして助けてもらって、泉ヶ丘君て面白《おもしろ》いなって。それに前も言ったけど、わたしたちって根本のところは一緒だと思うの」

根本のところが一緒というのは否定《ひてい》しない。

それ以外は全てにおいて、あらゆる点で真逆だけどな。

「たぶん、わたしたちって相性《あいしょう》良いよ。上手《うま》くやっていけると思うの。男の子と付き合うとか全然興味なかったけど、泉ヶ丘君となら付き合ってみてもいいかなって思う」

「この前の冗談の続きなら付き合わんぞ」

「冗談じゃないよ。泉ヶ丘君もわたしと付き合ったら絶対楽しいと思う！　どうかな？」

戸祭の顔は笑顔と自信に満ちていた。

まるで確信していると言わんばかり。

「おまえなら男なんていくらでも選びたい放題だろうが。彼氏が欲しいならオトモダチなんて集めてないで本命の彼氏を作ればいいだろ。なんでよりにもよって俺だよ」

「彼氏が欲しくて言ってるんじゃなくて、泉ヶ丘君だから彼氏になって欲しいの」

「……」

こいつマジですげぇな。

こんなに面と向かって告白できる奴《やつ》いるか？

「それにさ、わたしが彼氏を作ったら絶対にあっちこっちで暴動が起こるもの。そういうのが面倒だから特定の彼氏を作る気にならなかったってのもあるの。それでも泉ヶ丘君となら付き合ってみたいなって思ってるの」

「つまり、俺に暴動の渦中の存在になれってことか？」

「そこはわたしがなにがあっても守ってあげるからさ」

あの戸祭にここまで言わせるなんて、自分のことながら驚きだわ。

他の男にしたら、殺意が沸くほど羨《うらや》ましい状況なんだろうな。

さすがの俺も、ちょっとときめくが——。

「遠慮しておくよ」

「どうして？」

自分がフラれるなんて微塵《みじん》も思っていない顔だった。

「え……もしかして泉ヶ丘君て不能なの？　それともそっち系の人？」

「どっちも違うわ！」

雫《しずく》みたいなこと言うのやめてくれ！

「じゃあどうして？　それにさ、わたしと付き合えば今の状況だって一気に解決するよ？」

「どういう意味だ？」

「泉ヶ丘君と月夜野さんが親戚っていうのを疑ってる人もいる。親戚だからって二人が怪しくない理由にはならないって思ってるのよ。でも、そんな泉ヶ丘君とわたしが付き合えば、少なくとも月夜野さんとはホントになにもなかったんだって証明できるでしょ？」

なるほど。

俺の気持ちを無視したぶっとんだ考え方だが、一理ある。

そうすれば……朱莉も気を使ってレンタル家族生活を続けようとは思わないかもしれない。

それはつまり、週末において本来のお一人様生活に戻れるだけではなく、朱莉も好きな人に気を使わなくて済むってことにはならないだろうか？

一瞬だけ考えたが、やはりありえなかった。

それでは週末のお一人様生活は取り戻せても、学校でのお一人様生活は破綻する。

今の逆になるだけだし、それで朱莉への嫌がらせがなくなるとは思えない。

なにより、自称プロのぼっちの俺が青春ラブコメとか需要がなさすぎる。

「面白い提案だが、やっぱりなしだな」

「なんでよー」

戸祭は膨れっ面をした。

これだけ言っても諦《あきら》める気はないらしい。

「おまえの提案は状況の一部を解決できるかもしれない。だからって俺がそんな理由でおまえと付き合って嬉《うれ》しいのか？　好きでもないのに見返りだけで付き合えても嬉しくないだろ」

戸祭ははっとした表情を浮かべた。

「手段ばっかりで目的を見誤るなよ。ちゃんとおまえを好きになってくれる奴と付き合え」

「……うん。そうだよね」

戸祭は神妙に頷《うなず》いた。

さすがに理解してくれたか。

「わたしに興味ない男子って、たぶん泉ヶ丘君だけだよ」

「俺に興味ある女子は、たぶん戸祭だけだ。このもの好きが」

「でも憶《おぼ》えておいて。わたし、諦めだけは悪いの」

笑顔で言うあたり、やっぱり凄い自信だよな。尊敬に値するわ。

やっぱり俺の考えは間違ってない。

これだけ自分が大好きで自分に自信のある奴が、冗談でも俺と付き合いたいからといって朱莉を貶《おとし》めるようなことはしない。今みたいにど真ん中の直球勝負だろう。

「なぁ、冗談はこの辺にして、一つ聞いていいか？」

「冗談じゃないけどなに？　スリーサイズなら上から——」

「違うわ！　あのな、前におまえが俺と月夜野さんを商店街で見たのって、何時頃だ？」

「え？　えっと……夕方だったと思う。城址《じょうし》公園の方に向かって行くのを見たんだ」

やっぱり——。

俺が視線を感じたのは午前中、商店街に着いてすぐだ。

黒板に張り出されていた写真も時間的にはお昼だろう。

つまり、戸祭は白ということ。

思わず安堵《あんど》する——疑ってはいたが、信じたい気持ちもあったから。

「参考までにおまえの意見を聞きたいんだが……」

「なーに？」

「人気者が嫌がらせを受けるとしたら、なんでだと思う？」

一応仮定の話として聞いたんだが、戸祭はすぐに察したんだろう。

「それって月夜野さんの話だよね？　やっぱり嫌がらせ受けてたんだね」

「気付いてたのか？」

「んー……なんとなく？」

戸祭は続ける。

「その手の嫌がらせをするとしたら同性だろうね。女の子って怖いから、表向きには仲良くしていても陰で悪口を言い合ってるとか普通にあるし、平気で相手を貶めてやろうとか思っちゃうのよ。わたしも昔はそんなことされたことあるし」

「戸祭も？　意外だな」

「クラスで目立っちゃう子ってさ、みんなが快く思ってるわけじゃないじゃん？　だからわたしはいつも周りに気を向けるようにしてるし、分け隔てなく接するようにしてるの。さっきの話じゃないけどさ、わたしが彼氏を作ったらその男の子を好きな女の子からは嫌われちゃうわけでしょ？　そういうのも嫌だから彼氏とかいーやって思ってたの」

なるほどな。

戸祭らしい理由だ。

「月夜野さんはそういう立ち回りは得意なタイプじゃないだろうし、ちょっと心配だよね」

「そうなんだよ……一度忠告はしたんだけどな」

「事実さ、わたしだって月夜野さんのことはちょっと警戒してたよ。あれだけ綺麗《きれい》で真面目で素直な子だからね。泉ヶ丘君の親戚って聞くまでは一番のライバルだと思ってたもの」

「なんのライバルだよ……」

ここぞとばかりにアピールしてくる。

「てゆーかね、わたしもあの日から地味な嫌がらせされてるんだよね」

「戸祭も？」

「原因はなんとなーく察してるんだけど。月夜野さんもってことなら納得」

戸祭はうんうんと頷きながら首を振る。

「原因は二人がクラスで目立ってるのが気に入らないからだろ？」

「月夜野さんだけならその可能性が高いと思うよ。自分で言うのもなんだけど、わたしは目立つくらいじゃ嫌がらせなんてされない。さっきも言ったけど、そのために気をつけてるし」

確かに。だとすれば、二人が嫌がらせを受けているのは別の理由？

戸祭は少し考えるようなしぐさをした後、小さく溜め息を吐く。

「泉ヶ丘君にはわからないだろーなー」

なんか凄く呆《あき》れられた気がするぞ。

「簡単に言うとね、目立つとか関係なく、わたしと月夜野さんが気に入らないのよ」

そうなんだろうけど……。

その理由を知っていながら、はぐらかされたような気がした。

「盗撮の件も、わたしや月夜野さんに嫌がらせをしてる子がやったんだろうね」

「少なくとも俺と朱莉はそう思って――」

「朱莉？」

しまった！　思わず名前で呼んでしまった。

だが、今さら口を押さえても遅かった。

「ふーん。名前で呼んでるんだー」

「そりゃ親戚なんだから名前で……呼ぶだろ……」

全力で疑わしそうな視線を向けられた。

視線を逸らしたりしたら余計に疑われる。

俺は戸祭をまっすぐ見つめ続ける。

「そ、そんなに見つめられると……もう♪」

「違うわ！　おまえが期待してる意味じゃないわ！」

テーブルをバシバシ叩《たた》いて笑うあたり、やっぱりわざとかこの野郎。

「それでさ、颯人《はやと》君」

「颯人君⁉　なにしれっと名前で呼んでんだよ！」

「呼んじゃダメな理由でもあるんですかぁ？　あ、月夜野さんだけに呼ばせてるとか？」

「もう好きに呼んでください。なんでもいいです」

頭を抱えて溜め息を吐く。

悪い奴じゃない。悪い奴じゃないんだが、すこぶる面倒くせぇ……。

「話を戻すけどさ、颯人君がわたしに話したかったことって、月夜野さんとの噂を流したのがわたしだって疑ってて、それを確かめたかったんでしょ？」

「あ、いや……」

そう直球で来られると答えづらいが……まぁ、こいつなら察するか。

「悪いな。おまえじゃないとは思っていたが確認したくてな。でも、さっき俺と朱莉を見たのが夕方だって即答したのを聞いて、やっぱりおまえじゃないってわかったよ」

「疑いが晴れたなら良かった良かった♪」

「おまえはそんな真似《まね》はしない奴だと、本心で思ってるよ」

そう答えると、戸祭は満足そうに笑った。

一通り話が終わり、俺はコーヒーを口に運びながら考える。

さて、どうするか。

戸祭が白だとすれば、俺としては——。

「協力してあげよっか？」

「え……」

まさかの提案だった。

「必要ないかね？」

「いや助かる。ちょうど今、その話をしようとしていたんだ」

戸祭が白だとすれば、俺としては協力をお願いしたい。

「相手を特定するための策はいくつか考えてあるんだが、上手くいくかもわからないし、それだけだと心もとない。俺は友達なんていないから他に頼める奴もいなくてな」

「颯人君の考えることくらいわかるって言ったでしょ？　わたしたち似てるって」

「立ってる場所は一緒だが、背中合わせに立ってるような感じだろ」

「そうそう。向いてる方向は真逆だけど、根っこが一緒みたいな？」

俺が認めると、戸祭は嬉しそうに微笑んだ。

「協力してもいいけど、一つ条件があるんだなーこれが」

「条件……？」

思いっきり含み笑いを浮かべる戸祭。

全力で嫌な予感しかしなかった。

「今からわたしのことは羽凪《はな》ちゃんて呼ぶこと♪」

「無理だ」

即答。

「なんでよー！　月夜野さんばっかり！」

「この年になって女子をちゃん付けで呼べるか」

俺が女の子をちゃん付けで呼んだのは初恋の悠香《ゆうか》ちゃんが最初で最後だ。

気持ち悪がられて三日で『マジでやめてキモい』って真顔で言われた俺の気持ちがおまえに

わかるか？　さすがに泣いたわ。以来、一生ちゃん付けでは呼ばないと心に決めた。

「じゃあ羽凪でいい」

　これ以上は譲歩しないという意思表示をする。

　悩んだ末……。

「わかった」

「やった♪」

　俺は折れた。

「じゃあ、とりあえず一回呼んでみて」

　マジか。

「……は、な」

「なんで間をあけるのよ。はいもう一度」

「ぐぬぬ……羽凪……」

「はいよろしい。じゃあ、とりあえず明日三人で話そ♪」

「ああ……よろしく頼む」

　うな垂れる俺の前で、羽凪は嬉しそうに身をくねくねさせていた。

「でもさ、不思議だよね」

「ん？　なにがだ？」

「あれだけ一人でいることに拘《こだわ》ってた颯人君が、今こうしてわたしといるだけじゃなくて、月夜野さんのために頑張ろうとしてること。颯人君てそういうタイプじゃないと思ってたよ」

「悪かったな……」

「でもきっと、今の颯人君がホントの颯人君なんだろうね」

「……」

やっぱりこいつは遠慮なく、悪意なく、懐《ふところ》に飛び込んでくる。

まるで飼い主の都合を考えずにじゃれついてくる猫のように。

「いつか、颯人君がこじらせちゃった理由も教えてもらえたらいいな」

「……そんな機会はねーよ」

そう答えながら、俺は残っているコーヒーを一気に飲み干す。

とにかく、こうして協力者が揃《そろ》ったのであった。

＊

「そんなわけで、羽凪がストーカー探しに協力してくれることになった」

翌日の放課後、俺は羽凪と朱莉を屋上に呼び出していた。

絶賛時の人として噂されている状況は変わらないが、この時間なら人目も気にならない。誰かが来ればすぐわかる場所だけに、話し合いにはもってこいの場所だろう。

「まかせて月夜野さん！　わたしも颯人君と一緒に月夜野さんの力になるから！」

「……」

事の経緯を説明すると、朱莉は驚いた表情で言葉を無くしていたんだが。

「……羽凪？」

その単語に、朱莉の表情が険しくなった。

どうやら無言なのは驚きではなくそっちらしい。

「やはりお二人は、お名前で呼び合うような仲なのですか？」

「いや、違うんだ。これにはやむを得ないというか背に腹は代えられないというか、とにかく一言では説明できない面倒くさい理由と事情があってだな――」

「へー！　月夜野さんて颯人君に敬語使ってるんだー。なんで？」

「ちょっとおまえは黙ってろ！」

無邪気に質問する羽凪を制止する。

「私と颯人さんとは誕生日がほぼ一年違います。私は三月二十四日、颯人さんは四月四日。昔から颯人さんのことは親戚のお兄さんと呼んでいたこともあってです」

親戚設定を肯定してくれるのはありがたいが、朱莉もなに素直に答えてんだ！

てか、いつのまに俺の誕生日を調べたんだ？　頼むから誕生日の話題はやめてくれ。

四月頭の誕生日なんて新しい友達と仲良くなる前だから誰にもお祝いしてもらえなかった。一人でケーキを食べていた辛《つら》さはおまえらにわかるまい。塩味かと思ったぞ。

「なるほど。そういうことねー」

俺を無視して話を進める二人。

「それで、どうして戸祭さんは颯人さんのことを名前で呼ばれているのですか？」

「別に月夜野さんだけが颯人君を名前で呼んでいいって決まりじゃないでしょ？」

朱莉を笑顔で煽り返す羽凪。

瞬間、朱莉の全身からブワっと負のオーラが溢《あふ》れ出す。

「ちょっとおまえらストップ！」

二人の間に割って入る。

この状況でキャットファイトとかやめてくれ。

「羽凪、わざと朱莉をからかうのやめろ。朱莉も、あとでその辺は説明するが、さっきも言ったとおり羽凪は協力してくれるんだ。もうちょっと仲良くしてくれ」

「はーい♪」

「わかりました……」

元気よく返事をする戸祭とは対照的に、朱莉は渋々頷きながらオーラを消した。

「んじゃ、具体的にどうするかだが——」

「とりあえずストーカーが誰かわかったら、犯行現場を押さえてしばけばいいでしょ」

羽凪が思いっきり極論を口にする。

「そりゃそうなんだが……どうやって犯行現場を押さえるんだ？」

「大丈夫。その辺は考えてあるから」

「ずいぶん頼もしいな」

「わたしが嫌がらせされた時はそうしたってだけ。証拠をいくつか揃えてから犯行現場を押さえて、言い逃れができないようにしつつクラスにバラすよ？　とか脅しておけば二度としないよ。そういうことする子って、結局は自分のためにしてることが多いから」

さすが経験者は語る。

「朱莉、相手が誰か心当たりはないか？」

「いえ……あれから注意はしているのですがわかりません」

「なんとなく察しはつくけどね」

「本当か？」

「身近なところで嫌がらせができるってことはクラスメイトだろうし、クラスの中で月夜野さんが目立つことを快く思わない人ってだいぶ絞れると思うよ」

さすが周りに注意を払ってる奴は違う。

「証拠を押さえるとなると、それなりに人手も必要だと思うけどそこは大丈夫。わたしのオトモダチ君たちにもお願いするから。事情はそれなりに説明しないとだけど安心して、オトモダチ君たちはわたしの言うことなら死んでも守る子たちばっかりだから、そこは保証する」

保証されても不安だが……まぁ仕方ないな。

「月夜野さんが困るようなことはさせないから安心して」

「じゃあとりあえず、ストーカーを特定するのが先決だな」

「はい。よろしくお願いします」

朱莉は丁寧に頭を下げた。

「大丈夫だよ月夜野さん。任せといて♪」

羽凪は笑顔で朱莉の腕にしがみ付く。

こうして、俺たちのストーカー探しは本格的に始まった。

＊

「そんなわけで、こっちはこっちで動くことになった」

「今は食べるのに忙しいから話しかけないでくれる？」

水曜日の夜、俺は雫と一緒に近くの焼肉屋の食べ放題に来ていた。

雫から『焼肉いつ行くの？』とメールが来たため、お互いの進捗《しんちょく》確認も含めて呼び出したんだが……すでに雫の周りには二十皿を超える空皿が積まれている。

「相変わらずすげえ食欲だな」

腹を空かせたポメラニアンの食欲は底が知れない。

鬼気迫る食いっぷりでこっちの食欲が失せる。毎度このレベルで食い散らかされると財布が持たない。どこのギャルな曽根さんだよ。おまえの胃袋は別次元に繋《つな》がってんの？

三十皿を超えると食べ飽きたのか、今度はデザートの山が運ばれてきた。

「お待たせ。食べながらでいい？」

雫はデザートに目を輝かせながら言う。

「朱莉の件、クラスメイトの一人が協力してくれることになった。こっちはこっちで色々と動くことになりそうだが、雫の方はどんな感じだ？」

「ん。ちょっと待って」

俺が尋ねると雫はスマホを操作し、いくつかの写真と動画を送ってきた。

「仕事が早いな」

「必要なら、もうちょっと集めるけど」

俺は送られてきた写真を確認する。

「いや……大丈夫だ。ありがとう」

「私が協力してあげたんだからなんとかしてよね。お姉ちゃんのためにも」

「ああ。任しとけ」

「どーだか。わたしに言わせればあんたが一番害悪だけどね」

雫はそっぽを向いてデザートを食べ続ける。

「じゃあ食べ終わったら帰ろうぜ。もう夜も遅い」

時計に目を向けるとすでに九時半。

さすがに中学生を出歩かせていい時間じゃない。

「そーね」

雫は妙に素直にそう答えたのだった。


焼肉店を出ると、俺は雫を自転車の後ろに乗せて駅に向かう。

なんかやたら背中に密着されているんだが、気のせいだろうか？

そんなにスピードは出していないし、しがみつくほどじゃないだろ。

俺としては背中が温かいからいいんだが、残念——姉や羽凪ほどの気持ち良さは感じない。

この前触ってしまった時にも思ったが、目視では推定Bカップほど。

相手はまだ中学生。今後に期待ってところだろ。

「ねぇ、一個聞いていい？」

「おう。なんだ？」

「お姉ちゃんのこと好きなの？」

「うおっ！」

縁石に乗り上げて思いっきりバランスを崩して立て直す。

「なんでそうなる？」

「だって、本当にどうでもいい人だったら親が決めたからってレンタル家族契約を受け入れたりしないでしょ？」

「おまえさ、朱莉からどんな説明受けたんだ？」

「えっと……あんたのお父さんから提案されて、生活の面倒を見てもらう代わりにあんたの身の回りの世話から下の世話まで引き受けたって」

「下の世話はまかせてねぇよ！　本当に朱莉がそんなこと言ったのか⁉」

「だからお姉ちゃんが毒牙にかかるくらいなら私がって思ったのよ」

「そうですか……」

この姉妹《しまい》、どっちもおかしいんじゃないですかね……。

「あとは？」

「それだけ」

それだけっすか……本当に必要最低限だな。

「それで、なんで俺が朱莉を好きって話になるんだ？」

「理由はどうあれ、一緒にいたら情が湧《わ》くでしょ？ ましてや相手は綺麗な女の子。男なんてみんな下半身の生き物なんだから、お姉ちゃんみたいな子が一緒に寝泊まりするとか絶対に手を出すでしょ。むしろ手を出さなかったらお姉ちゃんに失礼よ。女の私でさえ毎晩お姉ちゃんの寝こみを襲おうとしてたんだもの間違いない」

「……おまえ、そんなことしてたのか？」

「いつも追い返されてたけどね。お姉ちゃんの処女はいつか私がいただくわ」

朱莉も大変だったろうに。

家を出たかった理由って雫のことだったりしてな。

確かに特殊な家族で逃げ出したくもなるわ。

「安心しろ。お姉ちゃんには手を出したりしないから。一緒にいたら情が湧くってのはわからなくはないが、そうだな……どちらかといえば家族としての情に近い気がするぞ」

「家族としての情？」

「うちの家族もそれなりに特殊でな、俺は普通の家族ってもんがどんなものか知らないが、朱莉が来てから、もしかしたら家族ってこういうものなのかって思うことがある。まぁ家族を理由にむちゃくちゃされることもあるが、それも嫌なわけじゃないしな」

むしろちょっとしたご褒美があるくらいだ。

「……」

「家族に欲情はしない。よく妹や姉の下着じゃ興奮しないって言うだろ？　そんな感じだ」

俺は中学生相手になんて例えをしているんだろうか。

でもまぁ、こいつなら逆に伝わりやすいか。

「私はお姉ちゃんの下着に興奮するから信じられないわ」

全くもって伝わってなかった。

ダメだこいつ。もう手遅れだ。

「でも、本当に欲情しない？」

「ああ」

すると雫は安心したのか、しばらく黙っていた。

そうこうしているうちに駅に着く。

「んじゃ、気を付けて帰れよ」

「ん」

「じゃあな。なんかあったら連絡してこい」

「ん……」

なんだか少し寂《さび》しそうにする雫を見送り、俺は帰路についた。

家に着くと、どっと疲れが押し寄せてきた。

ずっとお一人様生活を送ってきたため、今までは日々のタスクも少ない上にノンストレス。自由気ままを絵に描いた生活をしてきた俺にとって、ここ数日は特に波乱と言っていい。

考えること、やるべきことの量が既に三年分くらい押し寄せている気がする。

最近疲れやすいのはきっとそのせいだろう。

「やべ。源さんに餌あげないと」

ソファーから立ち上がり、源さんのハウスを覗《のぞ》く。

すると夜行性の源さんは目を覚ましていたようで滑車を必死に漕《こ》いでいた。まるで先日餌を食べすぎた分を消費するかのような猛烈ダッシュ。お尻《しり》プリプリさせて超可愛《かわい》い。

もしやダイエットに目覚めたんだろうか？

「源さん、餌の時間だよー」

源さんを抱っこし、胡坐《あぐら》をかいて間に置く。

ミルワームを源さんの口元にやると、モリモリと食べ出した。

「源さんはちょっと太ってる方が可愛いぞー」

ああ……癒《いや》される。

人は俺を裏切っても動物は裏切らない。人と人の間に無償の愛は存在しないが、人と動物の間には存在する。人の愛はキャバなクラブとか十八禁サービス店とか有償ばかりだ。

金で買うくらいなら愛などいらぬ！　って世紀末に南斗《なんと》の聖帝《せいてい》さんも言ってた気がする。

そんなことを考えている時だった。

不意にインターホンが鳴り、時計に目を向けると十一時すぎ。

誰だよこんな時間に——なんて思いながら玄関を開けると。

「こんばんは」

「おまえ……」

そこには、なぜかもじもじする雫の姿があった。

「なにやってんだよ。帰ったんじゃなかったのか？」

「電車なくなっちゃったみたい」

いやいや、終電前には駅に送っただろ。

「乗り損ねちゃって」

マジかよ……。

「泊めて欲しいんだけど」

「無理だ」

即答で返す。

「なんでよ！　お姉ちゃんはよくてなんで私はダメなの⁉」

「子供を勝手に部屋に泊めるわけにはいかないだろ」

「子供じゃないもん！　それを言ったらお姉ちゃんだって子供でしょ！」

確かに。中学生も高校生も大した差はないか。

なんて断るか。とりあえずそれっぽい理由を……。

「あれだ。朱莉は胸の大きさが大人以上だからいいんだよ」

「差別だ！　世界中のＢカップに謝れ！」

自ら胸のサイズをこぼしちゃったぞ。

どうせこぼすなら大きくなってからポロリしてくれ。

「そもそも、おまえとはなんの契約もないだろ？」

雫はそれでも食い下がる。

「お姉ちゃんとあんたが家族なら、妹の私だって家族。だったら泊まる権利はある」

「兄の股間を切り落とそうとする妹なんて危険すぎて泊められねぇわ」

すると、雫は急に態度を変えた。

「ふーん。なに？　もしかして私が泊まると変な気を起こしそうだから拒否してるわけ？　あらあら、家族には欲情しないんじゃなかったの？　女子中学生に興奮するとか変態ね。なるほど。お姉ちゃんに手を出さないのはそういうことか～このロリコンが！」

めちゃくちゃ吐き捨てるように言われた。

さすがに穏やかな俺でもプチっとくる。

「誰がおまえみたいな断崖絶壁バストに興奮するか。自分の魅力を過大評価するな」

「断崖……いくらなんでも言いすぎでしょ！　まだまだ成長期なのよ！」

そう言いながら自分の胸をアピール。今後に期待してやるか。

そんなやり取りをしていると、お隣さんが玄関を開けて舌打ちをしながらこちらを睨《にら》む。騒ぎすぎてしまったらしく慌てて雫を部屋に上げる。お隣さんごめんなさい。

「あれ～？　泊めてくれないんじゃなかったの？」

言い返そうと思ったが踏みとどまる。

その瞬間、俺の頭に一つの考えがよぎった――。

「……もう好きにしろ。明日の朝、学校に間に合うように帰れよ」

もしかしたらこれはチャンスかもしれない。

「はーい。とりあえずお風呂《ふろ》借りるね」

部屋に上げてもらって機嫌を直したのか、雫はそう言って風呂場に消えた。

その背中を見送りながら、やっぱり溜め息が漏《も》れてしまう。

一か月前は極《きわ》めて平穏な日々だったのに、気が付けば女の子たちに振り回される日々。

おまけにやっかいな問題まで起きて……全てはあのクソ親父のせいだ！　親父が勝手に話を進めたのが悪い！　どうせまた呑気《のんき》に動画でも上げてんだろ！

スマホで動画サイトを開き、親父のチャンネルを確認する。

すると、新しい動画が配信されていた。

『ブッシュクラフト親父の日常。シーズン２――第四話　窯で色々作ろう』

今回の動画は、粘土をこねて窯を作る動画らしい。

穴を掘った地面を囲うように、直径六十センチほどの円柱状に積み上げていく。

中は上段と下段の二層構造になっていて、間の仕切りにはいくつか穴を空ける。こうして下から火を入れると穴を通して火が昇り、上段に入れたものを焼成する仕組みらしい。

粘土で壺や湯飲みを成型して乾燥させた後、窯へ入れて焼成を始める。オレンジ色になるまで高温で火にかけた後、一日かけてゆっくり冷ますと見事な陶器が完成した。

その応用で、今度は瓦《かわら》とレンガを作っていく。

前の家の屋根は大きめの葉を重ねて作ったのだが、時間の経過で風化してしまったため、より防水性と耐久性に優れた瓦に取り換えるとのこと。

何十枚という瓦を成型しては乾燥、焼成を繰り返し、最後に屋根に乗せて完成。

作成したレンガは粘土を噛《か》ませて正方形に組み上げてから火を入れて乾燥させ、もう一つの窯を作り上げる。こちらは焼成用ではなく主に調理などに使用するらしい。

二つの窯が完成したことで、今後は様々な場面での活用が期待できそうだ。

次回はどんな生活の術を披露してくれるのか？　期待は膨らむばかり。

きっとこの親父なら、ある日突然異世界に飛ばされても快適な生活を謳歌するだろう。

駒生《こまにゅう》先生が言っていた、極限状態で生きて行く術の意味が少しわかった気がした。

「……ん？」

見終わって動画を閉じようとした時だった。

ふとコメント欄に目をやると、やたら長文で書かれているコメントに気が付いた。

『拝啓　ブッシュクラフト親父様

はじめまして。

いつも動画を楽しく拝見しております。

大自然を相手に、ご自身の知識と知恵を駆使して生活をしているたくましい姿に、いつも勇気づけられると同時、憧《あこが》れと尊敬の念を抱かずにはいられません。

貴方様の動画が私の唯一の楽しみであり、もう何度シーズン１から見直したことでしょう。

気が付けば、私自身が山奥で生活したいという気持ちになっていました。

いいえ、違います。正確には、私は貴方様と共に生活がしたいと思っています。

いっそ全てを投げ出し、服も脱ぎ出し、この身一つで貴方様の下へ行きたいくらいです。

貴方様とすごすブッシュクラフト生活……想像するだけで、気持ちを自制することができません。ワイルドな貴方様は、きっと夜の生活もたくましいことでしょう。

もしご迷惑でなければ、一度お会いしたく思います。

会って頂けるのでしたなら、勝負下着でお伺《うかが》い致します。

いかがでしょう？　お返事、お待ちしております』

ファンにしちゃずいぶん気持ち悪いコメントしてんな……。

そう思い、コメント投稿者の名前を確認した時だった。

『二十九歳独身　貴方様のご子息の担任教師』

「駒生先生じゃねぇか⁉」

俺の担任教師こと、駒生先生だった。

「あの人マジでなにしてんだ！」

は？　俺の親父を紹介しろとかマジで言ってたのか⁉

俺が紹介しないから直接アプローチ？　勝負下着とか頭おかしいだろ！

教え子の父親を口説《くど》いてんじゃねえよ！

「うっさいわねー。なに一人で騒いでんのよ」

「ああ、悪い……ちょっと衝撃的なことがあって——うおおおぉぉい！」

もっと衝撃的な光景が目に飛びこんだ。

「なんて格好してんだ！」

なんと雫は、下着姿で風呂からでてきた。

上下お揃いの黄色の下着だけをまとった身体は、すらっとしていて中学三年生にしては素晴らしいスタイル。姉ほどの色気はないものの、健康的な肉の付き方をしていた。

風呂上がり補正か、頭にバスタオルを乗せ半乾きの髪を拭く仕草が大人っぽく見せる。

ああ……最近の女子中学生ってずいぶん発育いいんだな。胸以外。

なんて思わず見蕩《みと》れていると、顔面にバスタオルを投げつけられた。

「マジマジ見るなこの変態！」

「なっ……おまえがそんな格好で出てくるからだろ」

「家ではいつもお風呂上がりはこの格好なの」

「だからって俺の部屋でまでその格好なのはだな……」

「家族には欲情しないんでしょー」

「家族とか欲情とかは関係なく、男ってもんはそこに裸の女性がいたらつい見てしまうもんなんだよ。たとえ相手が学生でもお姉さんでもおばさんでも……」

「そんな山があれば登る登山家心理みたいに言われても」

「おばさんならまだいいぞ。中にはもう明らかに守備範囲を超えたような熟年のお姉様ですらつい目にしてしまい、後から激しい後悔と絶望に襲われるんだ……」

「いや、そんな辛そうに言われても……」

男性諸君なら、きっと理解してくれるはず。

「どうでもいい話してないで、あんたもお風呂入ってきたら？」

「あ、ああ……そうだな。俺が風呂上がるまでには服着てろよ。タンスにお姉ちゃんの部屋着があるから使わせてもらえ」

「はーい」

あの姉にしてこの妹あり。

姉妹そろって露出癖があるとか、いつからこの部屋はパラダイスになったんだよ。

俺は溜め息を吐きながら風呂に向かった。


念のため、風呂に入っている最中は警戒をしていた。

以前朱莉が『家族とはこういうものです』といいながら突入してきてあっちもこっちも洗われてしまったことがあり、あれが朱莉にとっての普通ならもしや雫も……。

しかし、そんなことはなかった。

ホッとしたような、なんというか……どうして俺は複雑な気持ちなんだろうか？

部屋に戻ると、雫は部屋の灯りもつけっぱなしでベッドで寝ていた。

確かに子供はもう寝てる時間だ。

「ったく……寝相悪いな」

灯りを消し、布団《ふとん》を掛け直してやった時だった。

「うおおおおおおう！」

思わずビクつく。

雫は変わらず下着姿のまま布団に潜り込んでいた。

「この姉妹は男に対する警戒心がなさすぎだろ……」

布団を掛け直し、ウォーターサーバーの水をコップに汲《く》んでソファーに座る。

それを飲み干しながら思う。

本当に、この姉妹の家はどうなっているんだろうか？

朱莉は一人暮らしで、金銭的事情もあってレンタル家族契約を受けている。雫は実家暮らしらしいが、こうして平気で外泊をしている。どう考えても普通の家庭環境じゃない。

それは朱莉も言っていたことだが……。

レンタルとはいえ家族でも、まだまだわからないことばっかりだ。

そんなことを考えながら立ち上がり、クローゼットの中からとある物を取り出す。

「でもまぁ、雫のおかげで早速これを使う機会がやってきたんだけどな……」

雫が家にきたのは想定外。

だが、結果としては好都合。

俺は雫が起きないよう、そっと作業を始めた。

＊

「誠に申し訳ございません……」

翌日の昼休み、俺は屋上で朱莉と羽凪に土下座をしていた。

もはや言い訳の余地もない。

「あのさぁ颯人君。今がどういう状況かわかってるわけ？」

「まさか颯人さんが、こんな不誠実なことをされるなんて」

羽凪は怒りの形相《ぎょうそう》を浮かべ、朱莉は半泣きで顔を崩す。

「本当に……申し訳ありません……」

なぜ二人がこんなに怒っているか？

話は簡単、雫が俺の部屋に泊まっていたのをストーカーに盗撮されてしまったからだ。

朝登校すると、黒板には俺と雫が部屋を出た時の写真がでかでかと貼《は》られていた。

おかげで校内における俺のヤリチン野郎疑惑が確固たるものになって行く。朱莉と羽凪の二股《ふたまた》スキャンダルに雫が加わったことで、もはや収拾が付かない。

『なんであんな目つきの悪い奴がモテるんだ』『大人しそうに見えて出会い系で女を漁ってるらしいぜ』『包茎だと思ってた』『近づいちゃだめ。見られただけで妊娠するんだって』

おい最後、俺にそんな少子化対策能力はねぇよ。

もうこれ、卒業するまで平穏なお一人様生活とか無理じゃね？

「どういうことか説明してもらえる？　この子、どう見ても中学生よね？」

羽凪は変態を見るような眼で俺を見下ろしながら口にする。

「ロリコンなの？　だからわたしフラれ——」

「違う！　断じて違う！」

しれっと自分がフラれたことまで口走りそうになった羽凪の言葉をかき消す。

朱莉に知られたら面倒なことになってストーカー探しどころじゃなくなるだろ。

「えっと……」

どこから話したらいいものか。

「この子はだな、おまえが思っているような相手じゃなくて朱莉の妹なんだ」

「え？　妹さん？　そうなの？」

羽凪の問いに、朱莉は小さく頷いた。

「まさかわたしより先に雫に手を出されるなんて……」

朱莉の瞳《ひとみ》から涙がブワッと溢れ出す。

「出してない！　神に誓って出してない！」

「どうだか……女の子を泊めておいて手を出さない男なんていないでしょ」

ここにいます……。

もう不能でもそっち系の人でもいいです……。

「昨日の夜、雫と会っていてな。駅まで送って行ったんだが終電に乗り遅れて部屋にきたんだよ。朱莉の部屋に泊まれって言ったんだが……どうしても泊まるってきかなくて」

「一本ご連絡をいただければ、迎えに上がったのに……」

「そうよ。月夜野さんの部屋に泊まればよかったじゃない」

「仰《おっしゃ》ることはごもっともなんだが……実は理由があって」

だが、そんな言葉を信じる二人じゃない。

「信じてくれ！　なんなら雫に連絡を取ってもらってもいい。俺は無実だ！」

それでも僕はやってない。

あれ？　こんな台詞《せりふ》、昔の映画で見た憶えあるぞ。確かあれって結局は有罪で終わるんだよな……だめじゃねぇか！　無実勝ち取れてないじゃん！

それでも必死に控訴を訴えると、羽凪は呆れたように溜め息を吐いた。

「あのねぇ颯人君。今回のメインターゲットは月夜野さんだろうけど、スキャンダルの相手である颯人君も狙《ねら》われてるってわからない？　颯人君になにか突っ込めるネタがあれば、それがイコール月夜野さんを貶めることに繋がるの。今回みたいに」

「わかってる。だから謝ってる」

「まったく……」

羽凪は呆れたように口にする。

「ですが、やり口が前回と同じということは今回の件も同一人物とみていいでしょうね」

朱莉がそう口にすると羽凪は頷き。

「そうね。それと多分、一人じゃないんじゃないかな？」

俺もそれは考えていたが、どうして羽凪もそう思ったのか？

「これを見て」

羽凪は自分のスマホを差し出して見せる。

そこに映っていたのは、一人の女子生徒だった。

なにやら朱莉の机を漁っているように見える。

「誰だこいつ？」

「クラスメイトの双葉千夏《ふたばちなつ》さんですね」

「颯人君、クラスメイトの顔も憶えてないの？」

「覚えてないもなにも、初めて見たんだが」

そんな俺に二人は呆れたような視線を向けている。

はなから覚える気がないから教えられてもわからねぇよ。ていうか、学校始まって僅か数週間でクラスメイトの顔と名前が一致するとかおまえらエスパーですか？

「今朝《けさ》ね、オトモダチの一人が部活の朝練に行く前に見かけて写真を撮って送ってくれたの。月夜野さん、なにかされてなかった？」

「はい……色々と荒らされていました」

「やっぱりねー」

羽凪は納得したように口にする。

「もし双葉さんがストーカーだとしたら、時間的に考えて今朝、颯人君と雫ちゃんの写真を撮るのは不可能だよね。だとしたら、他にもう一人いるって思う方が自然じゃない？」

意図せず羽凪から提示された証拠。

もはや確定——ストーカーは複数人いる。

「これを見てくれ」

羽凪の写真で確信に変わった今、俺は二人に自分のスマホを差し出す。

そこには、俺の部屋の近くでスマホを掲げる一人の女子生徒の姿が写っていた。

「これって……」

「こいつが今朝、俺と雫が部屋を出るところを盗撮した奴だ」

「え……どういうことでしょう？」

俺は二人に説明をする。

「最初に黒板に貼られていた写真があっただろ？　あの写真を撮るとしたら、どこから撮ったのかを調べた。場所の特定をした後、ネット通販で常時録画型の防犯カメラを買っておいたんだが、昨日の夜に設置したんだ。盗撮した奴を盗撮しようと思ってな」

最近は常時録画の防犯カメラなんて簡単に買える。

しかもこれ、外出先でもスマホで撮影動画を確認できる優れもの。

「こいつが写真を撮って双葉に送った。双葉は朝早く来て朱莉の机を漁った後、こいつから受け取った写真を図書室の複合機を使って印刷をしたんだろう。迅速な連携プレーには恐れ入るが、結果ストーカーが単独じゃなくて複数いるってことを証明しちまったってわけさ」

二人は感嘆の声を漏らす。

「一応言い訳をさせてもらうとだな、ストーカーがまた俺の部屋の写真を撮るんじゃないかってのは予想していたんだ。ただ、すでに朱莉との写真は撮られているわけだから、また同じ写真を撮る可能性は低いと思っていた。でも別の女の子を泊めれば話は別だ。相手は格好のネタとしてまた写真を撮るかもしれない。だから雫を泊めて餌を撒《ま》いてみたのさ」

これはマジな話。

思いついたきっかけは、ブッシュクラフト親父の動画。

第三話――魚を捕ろうで親父が餌を入れた罠《わな》を仕掛け、容易に魚を捕っていたのを思い出した。素手やモリで捕まえようと追っても、どうしたって逃げられてしまう。

だが、罠を仕掛けて魚の方からやって来るように仕向ければ捕らえるのは容易だろう。

その発想を参考にしたんだが、見事に引っ掛かってくれたわけだ。

親父には色々と頭にきているが、今回ばかりは感謝しないといけないな。

「ホントかなぁ……」

「本当でしょうか……」

全力で疑わしそうな瞳を向ける二人。

「二人に黙って行動したのは悪かったと思ってる。だから最初に謝っただろ？　でもわかってくれ。雫が泊まりにきたのは急な話で、相談してる時間なんてなかったんだ」

「仕方ありませんね……」

「ちょっと納得できないけど、ストーカーが特定できたわけだしね」

ただ、この写真を見た時、俺はにわかに信じ難《がた》かった。

なぜなら、こいつが朱莉に対してはともかく羽凪に嫌がらせをする理由がわからない。

「特定できたのはいいけど、二人の繋がりって証明できてないよね。可能性の話だから証明できないと言い逃れされそうじゃない？　少なくとも協力はしてないって白を切られそう」

「ああ、それなら大丈夫だ。実は別の証拠もある」

「別の証拠？」

二人は揃えて口にする。

「あとは、どうやって現場を押さえるかだが……羽凪、なにか考えがあるんだろ？」

「あるよ！　まっかせて！」

待ってましたと言わんばかりに元気よく口にする。

その目は、なにかよくないことを考えているような不敵な笑み。

全力で不安しかなかった。

7 全ての解決と、まさかの原因

金曜日の放課後、俺《おれ》は朱莉《あかり》と昇降口前の噴水で待ち合わせをしていた。

放課後と言っても遅い時間で、辺りに生徒たちの姿はない。学校に残っている生徒は部活に精を出す時間帯で、いわゆる帰宅部の連中が帰って閑散とした時間帯。

朱莉と合流をしたら、いよいよ羽凪《はな》プロデュースの計画に移る。

だが、さすがにその計画は気が重かった。

『いい？　この作戦で一番大切なのは、いかにリア充《じゅう》であるかを演じることよ！』

それが羽凪監督から言われたこと。

プロのぼっちを自称している俺にはくっそハードル高いんだが……。

ある程度のシナリオは聞いているが、ほぼアドリブだし。

「こんなんで本当に大丈夫かよ……」

溜め息を吐いてすぐだった。

視界の先、昇降口から小走りにやってくる朱莉の姿が見えた。

朱莉は笑顔を浮かべながら俺の下へやってくる。その表情は、まるで久しぶりの恋人と再会を喜ぶような幸せに満ちた笑顔だった。

「すみません。お待たせいたしました」

「ああ。じゃあ、行くか」

「はい！」

すると朱莉は学校内にも拘《かか》わらず、俺の腕に思いっきり抱き付いてきた。

何度目かの究極的に柔らかい感触が腕を襲う。こんな時ですら男の本能に抗《あらが》えず、煩悩という名の悪魔の囁《ささや》きに負けそうになる自分を殺してしまいたい。

今じゃない！　今だけはＤカップを意識するな！

心の中で呪文《じゅもん》のように繰り返すんだが、朱莉はさらに強く腕に抱き付く。

なぜか顔がだらしなく緩《ゆる》み、息使いが荒くて興奮しているように見えるのは気のせいだと思いたい。何度かこんな様子を見たことがあるが、たぶん全部気のせいだ。

ある意味、別の緊張感に包まれながら足を進める。

向かったのは北棟とキャリアガイダンス棟の間にある、とあるスペース。ここは校舎と木々に囲まれていて周りからは完全に死角。いわゆる恋人たち御用達《ごようたし》のスポットだった。

ここで恋人たちがなにをしているかは……まぁ察してくれ。

次の角を曲がれば、いよいよそこは校内のデッドスペース。

足を進めて角を曲がると、そこには誰《だれ》もいなかった。

先客がいないことに安堵《あんど》し、俺たちは歩みをとめてお互いに向き合う。

「はぁ……はぁ……はあぁぁぁ……！」

向かい合った朱莉は、興奮も最高潮のようで息使いが荒かった。

……やっぱり気のせいじゃないよなぁ。

「だ、大丈夫か？」

「は、はい！　大丈夫です！　……覚悟は決めてきました」

完全に大丈夫じゃない。

いったいなんの覚悟を決めてきたんだ。

なんかもうとにかく色々やばめのあれやこれやが溢《あふ》れている。

「それでは、どうぞご堪能ください……」

朱莉はそう言って、瞳《ひとみ》を閉じて唇を差し出す。

俺は朱莉の肩を両手で抱き、朱莉の顔に自分の顔を近づける。

もはや唇が触れてしまうギリギリの距離まで接近した時だった。

「はーいストップ。そこまで！」

「――――!?」

その声の先に俺たちは視線を向ける。

するとそこには、物陰から姿を現した羽凪ともう一人――女子生徒の姿があった。

「こんなところに一人でなんの用だ？」

俺が声を掛けると女子生徒は慌てて逃げ出そうとするが、その行く手を羽凪が遮《さえぎ》る。

羽凪と俺たちに囲まれ、女子生徒は完全に逃げ場をなくした。

「ストーカーがストーキングされるって、どんな気分なのかな～？」

羽凪プロデュースの計画はこう。

俺と朱莉があえて校内で、まるで恋人のような行動をとればストーカーはまた写真を撮ろうと考えるはずだ。その現場を押さえれば、もはや言い訳はできない。

そのために朱莉とこんな場所に足を運び、さもラブラブなリア充を演じたわけだ。

結果、羽凪の計画通り誘いに乗った犯人の炙《あぶ》り出《だ》しに成功した。

そして犯人は――。

「おまえだったんだな――簗瀬《やなせ》」

目の前にいるのは朱莉とは別グループの中心人物にして、俺と隣の席同士のクラスメイト。

性に興味津々の男子たちにパンツを振《ふ》り撒《ま》く女神こと――簗瀬みゆきだった。

簗瀬は逃げ場を失い、戸惑った様子を見せる。

「理由を聞かせてもらえないか？」

そう尋ねたが、簗瀬は答えない。

「白を切っても無駄だからね。証拠は全部揃《そろ》ってるから」

羽凪は双葉《ふたば》が朱莉の机にいたずらをしている写真と、俺と雫《しずく》が一緒に部屋を出る時に撮影した簗瀬が映っている写真を差し出した。

まさか撮られているとは思わなかったんだろう。

簗瀬は驚いた表情で写真を見つめる。

「あなたと双葉さんが月夜野さんに嫌がらせをしているのはわかってる。ついでにわたしにも嫌がらせをしているのもね」

すると簗瀬は俺たちに向き合って厳しい視線を向けてきた。

「それは双葉さんが勝手にやったことでしょ？　私は関係ないわ」

「あらそう。じゃあ颯人《はやと》君の部屋を盗撮したのと、こうして二人の後をつけたのは？」

「たまたま颯人君の部屋に知らない子が入って行ったから、興味本位で撮っただけ。二人の後をつけたのは、人気のないところに行く姿が見えたから気になって付いてきただけよ」

簗瀬はこの期に及《およ》んで苦しい言い訳をする。

できれば素直に認めて欲しかった。

俺は手にしていたスマホで、とある音声を再生する。

『次は、どうやって月夜野《つきよの》さんに嫌がらせしよっか――』

その音声に、簗瀬は驚きの表情を浮かべた。

その声は他でもない。簗瀬の声だった。

『もっとクラスで白い目で見られるようなネタがいいよね』

『そうね。月夜野さんだけじゃなくて泉ヶ丘《いずみがおか》君の周りも調べてみよ』

そして相手の声は双葉。

音声の再生を終えると、俺は一枚の写真を簗瀬に差し出した。

そこにはファミレスで話をする二人の姿が写っている。

音声はこの時の様子を録音したもの。

「なんで……」

「俺の部屋に来てた女の子がいただろ？　あの子は朱莉の妹なんだが、重度のシスコンで姉をストーカーする癖《くせ》があってな。朱莉の周りをうろちょろするついでに、怪しい奴《やつ》がいたらそいつが犯人だから後をつけて証拠になるようなものを撮ってこいって頼んだんだ」

つまり、ストーカーにストーカー探しをさせたわけだ。

普段から朱莉に悟られずストーカーをしている雫にとって、朱莉にもストーカーにもバレずに周りを探ることなんて朝飯前だろう。

まさかこんなところでストーカー癖が役に立つとは。

本当にいい仕事をしてくれた。今度また甘い物を奢《おご》ってやろう。

「もう言い訳はできないぞ。どうして朱莉を狙《ねら》った」

それでも簗瀬は答えない。

しばらくすると観念したのか、髪をかき上げて溜め息を吐いた。

「私は簗瀬さんの気に障ることをしてしまったのでしょうか？」

「したわよ！」

こんな時でさえ申し訳なさそうに尋ねる朱莉に、簗瀬が厳しく言い放つ。

その瞳には、うっすらと涙が滲《にじ》む。

「転校生のくせにクラスで目立つだけじゃない。それに……それに……」

瞬間、簗瀬の感情が弾けた。

「泉ヶ丘君と陰で仲良くしてたじゃない！」

「あい？」

あまりに唐突に自分の名前が出て、思わず変な声が出てしまった。

「なんで転校してきたばかりの月夜野さんが泉ヶ丘君と仲良くして、部屋まで行って……！」

いったい簗瀬はなにを言っているんだろうか？

なぜそれが、朱莉や羽凪に嫌がらせをする理由になる？

「……やっぱねー。そうだと思ったんだぁ」

羽凪が全てを察したように、ぼそりと呟《つぶや》いた。

その表情には、もはや怒りはなく哀れみすら見て取れる。

「そうでしたか……」

朱莉は驚いたようだったが、羽凪と同じように察したようだった。

「ちょっと待ってくれ、なんでおまえら意味わかってるわけ？」

本気でわからず俺が尋ねると、思いっきり溜め息を吐かれた。

「泉ヶ丘君、それはちょっと可哀想《かわいそう》だよ」

「ここまで言わせて、それはお気の毒だと思います」

待て待て待て。なんで今度は俺が責められる。

簗瀬に顔を向けると、もはや泣く寸前。

待て、泣く前に教えてくれ——。

「つまり、なに言ってんのおまえ？」

瞬間、簗瀬が叫んだ。

「泉ヶ丘君のことが好きなのよ！」

静かな校舎裏で、まさかの言葉が響いた。

「お、おお……」

一瞬、理解するまで時間を要してしまった。

理解した時には、すでに簗瀬は大泣きしていた。

「つまり……」

「原因は全部、颯人君だったってことだね」

「そうですね」

……マジかよ。

つまり簗瀬は、朱莉が俺と急速に仲良くなったことに嫉妬《しっと》して、その仲をぶち壊そうと嫌がらせをし、さらにはスキャンダルを大っぴらにしたということか？

その嫌がらせが羽凪にまで波及したのは、羽凪が学校内でやたら俺に接してきたから？　あえてスキャンダルにしなかったのは、既に周知の事実だから意味がないため？

ただ、たった一人の男を想《おも》うあまりの嫉妬に焼かれた犯行。

結果、こうして嫉妬していた相手の目の前で公開処刑みたいな告白をさせられるとか。

他人事《ひとごと》だったらめちゃくちゃメシウマな話なんだが……自分のことなんだよな。

「なんてこった……」

てっきり女子同士のグループ争いだと思っていたんだが。

俺なんかに話しかけてきてたのも、つまりはそういうことか。

なんかもう、言葉がない。

「その……なんか、すまんな」

思わず謝ると、簗瀬は絶望にさらされたような表情で泣きわめいた。

「颯人君、なにも今この場でフラなくても」

「は？　違うわ！　別にそういう意味で謝ったわけじゃなくて——」

「では、オーケーということでしょうか？」

朱莉が絶望に満ちた顔でそう言った。

「もっと違うわ！」

ああもう！　どうすんだこれ！

そんなやり取りを聞いた簗瀬はもはや錯乱状態で泣き叫ぶ。

ダメだ。一度深呼吸して冷静さを取り戻すんだ——よし。

「なぁ簗瀬。おまえ俺のどこがいいんだ？　おまえは俺に声を掛けてくれる極《きわ》めて数の少ない相手だった。だけど、俺を好きになった理由には全く心当たりがない」

そんなフラグを立てるような機会はなかったはず。少なくとも簗瀬と知り合ってから今日まで、徹底してお一人様理論に則り接してきたはず。惚《ほ》れられる隙《すき》は与えていない。

少し待っても簗瀬は答えようとしない。

困り果てた俺は質問を変えることにした。

「簗瀬。おまえはさ、いつから俺の部屋の周りをうろちょろしてたんだ？」

すると、簗瀬はようやく顔を上げて呟く。

「……中学の頃からよ」

中学？　どうしてそんな昔から？

「泉ヶ丘君、私たち同じ中学校だったの憶えてる……？」

「いや……そうだったのか……？」

　全く覚えていない。

「中学の頃の泉ヶ丘君は違ったじゃない……」

「おまえ……」

　全力で、聞かなきゃよかったと思った。

「私は今の泉ヶ丘君だけじゃなくて、昔の泉ヶ丘君も知ってる。ちょっと目つきが悪いけど優しくて、みんなの輪の中心にいて……あの頃の泉ヶ丘君は素敵だった。私はあの頃の泉ヶ丘君が本当の泉ヶ丘君だって思ってる。あんなことさえなければ、泉ヶ丘君はきっと――」

「――わかった」

　慌てて簗瀬の言葉を遮る。

　もういい。わかったから、もう黙ってくれ。

　今になって過去に振り回されるなんて、思ってもみなかった。

「おまえの気持ちはよくわかった。だけどな、おまえがやったことはやっぱダメだ」

　簗瀬にはっきりと告げる。

「俺は好きな人に振り向いてもらうために、他の奴を貶《おとし》めるのは違うと思う。そんなことをして自分が一番になっても、それを相手が知った時、それでもおまえを好きでいてくれると思うか？　少なくとも俺はそう思えない」

簗瀬は悲しそうな表情を浮かべながら耳を傾ける。

「それに、おまえだってそんなの空しいだろ。自分の魅力で勝負したわけじゃない。たとえライバルが多くても、自分を磨いて相手を振り向かせなきゃ意味ないんじゃないか？」

恋愛なんてしたこともなく、むしろクソだと思ってる奴がなに言ってんだ。

そんな言葉は甘んじて受け入れるが、今は当事者ってことで勘弁してくれ。

「無理よ……」

すると簗瀬は小さく呟いた。

「みんながみんな、月夜野さんや戸祭さんみたいにいられるわけじゃない……」

それを言われると、なんとも言葉にし難《がた》い。

その気持ちは、わからなくはない。

朱莉のように裏表どころか表しかなく、真《ま》っ直《す》ぐは生きられない。

戸祭のように自分自身の魅力を信じ、我が道を行ける人は少ない。

その辛《つら》さや疎外感、孤独を、俺はわかってしまう。

だてにこの一年間、プロのぼっちを自称してきたわけじゃない。

プロのぼっちは一人でいることを好んでいるが、一人でいることが平気なわけじゃない。

色んなものを足し引きした結果、孤独であることがベストと考え、それを受け入れて耐え抜く強さを持っているだけなんだから。

「悪いな。それでも俺は、おまえの気持ちには応えてやれない。勘違いしないように言っておくと、おまえだからってわけじゃなく、誰の好意も受け取ることはない。今までと変わらず、これからも一人でいるつもりだ。だから、おまえの知ってる俺のことは忘れてくれ」

これで、終わりだ。

今まで続いた朱莉と戸祭への嫌がらせも、スキャンダルも。

そして、俺の過去の話も――。

「じゃあ、私がしたことって、全部無駄だったってこと？」

簗瀬はぞっとするような声音《こわね》で言った。

「だって、おかしいじゃない……」

語り口はやがて鬼気迫る。

「私がバラしたのは全部本当のこと。そもそもクラスの女子が毎週末、男子の部屋に出入りしてるなんておかしいでしょ。親戚だから？　じゃぁ親戚なら、男女が二人きりで部屋に入り浸るのが健全とでも言うつもり？」

愛情と憎しみは紙一重とはよく言ったもんだ。

簗瀬は泣きながら怒りを露《あら》わにする。

「それだけじゃない。戸祭さんともデートして月夜野さんの妹まで連れ込んで、あっちこっちの女の子に手を出して、やってることが不健全じゃない！　それでも親戚だって言うなら証拠を見せてよ！　ないなら私はこれからもあんたたちの関係を暴露し続けるわ！」

まずい——親戚設定はとっさに吐いた嘘《うそ》。

出るとこ出られたら、こちらに分はない。

「ねぇ簗瀬さん」

そんな簗瀬に声を掛けたのは羽凪だった。

「あなたさ、自分がなにをして、なにをしようとしてるかわかってる？」

そう声を掛ける瞳は、どこか同情しているように見えた。

「どういう意味よ……」

「嫉妬に振り回されて冷静じゃないのもわかるし、わたしや月夜野さんが憎いのも理解はしてあげられる。だけどさ、あなたがしてきたことって全部、颯人君も貶めてるんだよ？」

簗瀬ははっとした表情で息をのむ。

「最初はただ、私と月夜野さんが気に入らなかっただけなんだろうね。でも、自分がしたことで大好きな人がどう思われるかを考えられなかった時点で、あなたがしたことは自分の気持ちを優先させた我儘《わがまま》でしかない」

「…………」

「残念だけど、くだらない我儘は理解してあげられないわ」

突きつけられる正論に、簗瀬の感情が弾けた時だった。

「もういい！　全部、ぶち壊してやる！」

「好きになさってください――」

焦《あせ》る俺とは対照的に、朱莉は落ち着いた声で口にした。

「い、いいの？　どうなっても知らないから！」

「どうぞ。それで気が済むのなら、私は一向に構いません」

その言葉の強さに、簗瀬は口を噤《つぐ》む。

朱莉は凛《りん》とした声で続ける。

「確かに皆さんにとって、私たちの関係は疑わしいのかもしれない。不健全に見えるのかもしれません。ですが、私は親戚として――つまり家族として、颯人さんを愛しています」

愛している――その言葉に、胸が跳ねた。

「簗瀬さんの気持ちはお察しします。ですが、嫌がらせをされようと噂《うわさ》を流されようと、言われのない中傷を受けようとも――それでも私たちの家族の絆《きずな》は揺るぎません」

明確な意思を持つ本気の告白。

強い言葉を恥ずかしげもなく口にする。

「それでも邪魔をすると言うのなら、私は大切な家族を守るため、断固として戦います」

その言葉に、簗瀬や羽凪だけでなく俺も言葉がなかった。

少しの間、静寂が俺たちを包む。

「……そこまで言うなら、いいわ。好きにしてやるわよ！」

簗瀬がそう口にした時だった——。

「残念だが、そうはいかないらしいぞ」

ふいに声が聞こえた。

「まったく……生徒の後ろ姿が見えて来てみれば、うちのクソガキどもじゃないか」

気怠《けだる》そうに髪をかき上げながら現れたのは駒生《こまにゅう》先生。

「駒生先生がどうしてここに……？」

思わず尋ねる。

「ここはリア充どものいちゃつきスポットであると同時、そいつらに生徒指導という名のもとに嫌がらせをする私のストレス発散場所だ。高校生でエロいことするとか十年早い」

思いっきりぶっちゃけたなこの人。

「簗瀬。残念だがこの二人が親戚なのは本当だ。親御さんに確認をとり、二人がはとこだと説明をしてもらった。二人から事前に聞いていた話と概ね矛盾はなく、間違いない」

嘘だろ？　駒生先生が俺たちの嘘に話を合わせた？

理由はともかく、それを聞いた簗瀬は肩を落とす。

「この二人がどこでイチャつこうが犯罪でもなんでもないが、おまえがやっていることは立派なストーカー行為だ。これ以上騒ぎ立てるようなら、私はクソ面倒臭いが教師として教育相談室という名のブタ箱で指導をしなくちゃならなくなる。今なら内申には響かないようにもみ消してやるから、おまえのためにも私のためにもやめておくんだな」

駒生先生がそう言うと、簗瀬は全てを諦《あきら》めたように黙り込んだ。

「駒生先生、俺の親父に連絡とったんですか？」

「ああ。連絡先はわからなかったが、お父様の動画のコメント欄で尋ねたら、ご丁寧に全部答えてくれたぞ。息子をよろしくお願いしますとも言っていた。やはり素晴らしいお父様だな。いつかオフ会をする際には私も呼んでくれるらしい。今から体が疼《うず》いて仕方がない」

「いやいやいや、ちょっと待ってください！」

オフ会とかどうでもいいし、駒生先生がよからぬ妄想でにやけているのもどうでもいい。

それよりも、動画のコメント欄？　全部答えてくれた？

慌ててスマホを取り出して最新動画を開き、この前見たシーズン2の第四話、窯でいろいろ作ろうのコメント欄を見ると、そのやり取りが長文で記されていた。

「全世界に俺たちの情報を発信するのやめてもらっていいですか⁉」

おかしいんじゃねぇの二人とも！

「今回の件は貸し一つ。お父様によろしく伝えてくれよ」

俺の肩をバシッと強打しながら念を押す。

生徒に干渉しない主義の駒生先生が出張ったということは、つまりそういうこと。

最後にとんでもなく面倒なことが起こった気がしてならない。

「なんならお母さんと呼んでくれても構わない」

「全力でご遠慮させてもらいます」

「なんだ？　その年でママと呼ぶ派か？　泉ヶ丘は甘えん坊だな」

「違う！　そういう意味じゃないですって！」

声高らかに笑う駒生先生を横目に、俺は僅《わず》かな戸惑いを感じていた。

お一人を愛する俺にとって、それはあまりにもらしくない戸惑い。

らしくないとわかっているのに——朱莉が俺を『大切な家族として愛してる』と言ってくれたことを、どこか嬉《うれ》しいと思ってしまっていた。

＊

その帰り道、俺は朱莉と一緒に帰っていた。

担任教師公認の親戚設定となったことで、今後はある程度こうして一緒に歩いていてもとやかく面倒なことを言われることも少なくなるんだろう。

「良かったですね。無事解決して」

「そうだな。これで少しは周りの連中も大人しくなると思うぞ」

少しだけ気が軽くなると同時、やはりお一人様生活とは無縁になってしまったとも思う。

果たして本当に、元の生活に戻れる日はくるんだろうか？

まずはプロのぼっちとして、一から孤独耐性を上げ直さなければ。

「颯人さんが私のために色々と協力をしてくださって、本当に嬉しく思います」

朱莉は自身の胸に手を当てながら口にする。

「なぁ、一つ聞いていいか？」

「はい。なんでしょう？」

全てが終わり、俺はずっと気になっていたことを聞いてみる。

「この前聞いた時さ、やたらこの生活に拘《こだわ》ってるようだっただろ？　ほら……この生活でやり直したいとか、俺じゃなくちゃだめだとか。そこまで拘る理由ってなんなんだ？」

そう尋ねると、朱莉は穏やかな表情を浮かべて語りだす。

「私はただ、颯人さんともう一度、昔のように仲良くしたかったのです」

「……ん？」

一つの言葉が引っ掛かる。

昔のように？

「どういう意味だ？」

「え……？」

朱莉は驚いたように目を丸くする。

「颯人さん、思い出したのではないのですか？」

「思い出した……？」

「私たちがはとこで、小さい頃に何度かお会いしたことがあること」

「いや、だからそれは嘘でクラスメイトを説得するための言い訳だろ？」

「いいえ。本当のことです。私はてっきり、颯人さんが全て思い出されてクラスメイトに話したと思っていたのですが……違うのですか？」

ちょっと待て。

思考と理解があっちむいてホイしてる。

「えっと、つまり……」

俺と朱莉が本当にはとこ？

じゃあ、俺がクラスメイトに吐いた嘘が、嘘からでた真ってことか？

冗談だろと思いながらも、もしそうならつじつまが合う点がいくつかあるのも確か。

クラスメイトの前でとっさに吐いた嘘に、朱莉がすぐに話を合わせられたこととか、駒生先生が親父からはとこだと説明を受けた点。

改めて冷静に考えてみれば、二人がそんな嘘に乗るとは思えない。

そういえば朱莉は、城址公園にきたことがあると言ってたな。

「……マジで？」

「マジです」

うっそだろ⁉

全く覚えてねぇんだけど！

「ふふふっ」

頭を抱える俺を見つめながら、朱莉は嬉しそうに笑う。

「私たちははとこで、レンタル家族で、実は幼なじみなんですよ」

「すまん……全く覚えてない」

「仕方ありません。色々ありましたし。お互い」

それは、俺が母親を亡くす前のことを覚えてないのを言っているんだろう。

そしてたぶん、朱莉の家庭にも色々あったことを意味しているんだろう。

「これから少しずつ思い出していきましょう。時間はありますし」

「そうだな」

たぶん、お互いに聞きたいことは山ほどあるだろう。

でも、それは今じゃなくていいと思う。

これから一緒に過ごしていく中で必要なら、それを話す機会もあるはずだ。一緒にいるからって、無理に一から十まで全てを打ち明ける必要もない。

きっと、多分、そういうことだろう。
そんなことを思いながら、俺はこれからのことを考えるのだった。

Epilogue エピローグ

そして迎えた何度目かの週末。

いつものように朱莉《あかり》は家にきていた。

「久しぶりですね。こうして穏やかにすごすのは」

「そうだなー」

俺《おれ》たちはソファーに座りながら、一緒に源さんを構っている。

「なぁ、朱莉」

「はい」

俺はポケットに手を入れ、しまっておいた物を差し出す。

「これは……鍵《かぎ》？」

そう、この部屋の鍵。

「初めて一緒に出掛けた時、レンタル家族生活のお祝いってことでプレゼント貰《もら》っただろ？

ずっとなにを返そうか考えていたんだが、これを朱莉に渡しておくよ」

朱莉は受け取った鍵をじっと見つめる。

「つまり……レンタル家族契約を続けていただけるということでしょうか……？」

朱莉は驚いたように息を潜める。

「なんて言ったらいいかな……」

俺はこの一年間、友達を作らず一人でいるようにしてきた。

それは望んでそうしてきたことで、そんな生活に満足してきた。

だから、朱莉とのレンタル家族契約を解消したいと思っていたのも事実だし、正直に言えば今でも元の生活に戻りたいと思ってる。

でも——でもだ。

誰《だれ》かと一緒にすごすのも、悪くないのかもしれない。

その相手が朱莉なら、もう一度だけ信じてみようとも思う。

「あれだ……後学のために家族ってもんを知っておくのも悪くない」

「颯人《はやと》さん……」

「まぁ朱莉が嫌じゃなかったらだが……朱莉はいいのか？」

ふと、朱莉が屋上で男子生徒に告白されていたのを思い出す。

「実は……朱莉が屋上で告白されてるのを見てしまったんだ」

「え？」

朱莉は当然、驚いた様子だった。

「偶然見かけてしまってな……好きな人がいるからって断っただろ？　いいのか？　好きな人がいるのに俺なんかとこんな生活を続けて」

レンタル家族を続けるのなら、これだけは聞いておきたかった。

すると朱莉は穏やかに答える。

「好きな人というのは、颯人さんのことですよ」

その言葉が、ど真ん中を打ち抜かれたように響く。

「嘘《うそ》だろ……？」

「いいえ。本当です」

あまりの驚きに、息をするのも忘れて朱莉を見つめる。

「家族を好きだということは、そんなにおかしなことでしょうか？」

「家族……？」

その言葉に、頭の中に疑問符が浮かぶ。

「簗瀬《やなせ》さんの前でも言ったではありませんか。愛していますと」

ちょ、ちょっと待て。

確かに言ったが、それは朱莉が口にしたように家族としてであって、男からの告白を断った理由にはならないんじゃないか？　いやでも、俺たちは家族であって他人であって……え？

パニックに陥《おちい》っていると、朱莉は僅《わず》かに瞳《ひとみ》を滲《にじ》ませる。

次の瞬間、思いっきり抱き付いてきた。

「これからも、よろしくお願いします！」

「ぐはっ！」

それはもはやタックルに近い。

あまりの密着具合に、何度目かの感触が俺を襲う。

「待て！　離れろ！　いろいろヤバい！」

「遠慮なさらないでください！　むしろご堪能ください！　家族ですから！」

「その家族ならなんでも許されるみたいなのやめろ！」

その時だった。

突然、部屋のドアが轟音《ごうおん》をたてて開く。

「今日はなにを食べに行くの⁉」

インターホンも鳴らさずに、雫《しずく》が奢《おご》られ宣言をしながらやってきた。

「なっ――――！」

「違う！　待て！」

朱莉に抱き付かれているところをもろに目撃された。

雫は殺意に満ちたオーラを纏《まと》い、バッグから裁《た》ちバサミを取り出す。

「三秒以内に離れなければ、切り落とすわよ……」

「どちらかと言えば離れるのは朱莉の方なんだが！」

闇《やみ》落ちした雫に俺の言葉は届かない。

すると朱莉が俺からスッと離れて雫の前に立ちふさがる。

「雫……あなたに聞きたいことがあったの」

その背中からは、雫をはるかに上回るオーラが感じられた。

「あなたこの前、颯人さんの部屋に泊まったわね？　聞いてないのだけれど」

「あの……その……」

朱莉がどんな表情をしているかわからないが、雫は動物病院に連行されたポメラニアンのように言葉を無くしてプルプル震える。漏《も》らさないか心配だ。

「今回は事情があったので許すけれど、次はないわ」

「ははは……はい！」

雫は最敬礼をもって返事を返した。

その時、ちょうど洗濯機が終了を知らせる。

「では颯人さん、洗濯機がとまったようなので干しちゃいますね」

笑顔で振り返り、朱莉は洗面所に向かった。

「雫、おまえは怒った朱莉が苦手なんだな」

雫は俺を睨《にら》む。

「あんたはお姉ちゃんの本当の怖さを知らないのよ。私なんて比べものにならないわ……どれだけ怖いか知りたかったら、お姉ちゃんに包丁を持たせてみることね」

「ああ……なんか言ってたな。包丁持つと記憶を無くすって。なにがあったんだ？」

尋ねると、雫はまたプルプルと震えだす。

「やめて、思い出させないで……うっ頭が……」

うん。聞かない方がよさそうだな。

「また今度アイスでも奢ってやるから元気出せよ」

「本当に⁉」

ケロッと機嫌を直すあたり、反省しているのか疑わしいわ。

そんな俺たちをよそに、朱莉は洗濯籠を持ってベランダに向かう。

「悪いないつも」

「お気にならさないでください。料理以外は得意ですから」

朱莉が洗濯物を干している間、俺は最近の楽しみの一つ、親父の動画を確認する。

すると最新動画が上がっていた。

『ブッシュクラフト親父の日常。シーズン２――第五話　今さらだけど火をおこそう』

どうやら今回の動画は火おこし。

火は生活する上で命に係わる重要なもの。これまでの動画でも陶器やレンガを作る際に火をおこすシーンは出ていたが、今回は複数の方法をわかりやすくまとめた物らしい。

紹介されていたのはきりもみ式とゆみぎり式。

きりもみ式は細長い木の棒と板を用意し、両手で擦り合わせることで摩擦熱をおこし火種を作る方法。この時のコツは、板に切り込みを入れてずれないようにすることと、下に押し付けるように力をくわえる点。最も原始的な方法だろう。

続いてゆみぎり式。弓の形をした木に植物のツルを縛って弓を作る。そのツルを木の棒に二回ほど巻き付け、片手で押さえながら弓を前後に引く。きりもみ式に比べると楽らしい。

こうして作った火種を、火口とよばれる植物の繊維など着火しやすいものに移し、両手で覆《おお》いながら息を吹きかけ、火を大きくしたら乾燥した枝に移して焚火《たきび》をおこす。

ブッシュクラフト親父は簡単そうにしていたが、なかなかにテクニックがいりそうだ。

そして最後はもはや見飽きた笑顔で横ピース。

動画の最後には注釈で　※焚火も動画も炎上しないよう気を付けて。

少し前にこの動画が上がっていたら、クラスで炎上していた俺たちに対する当てつけかと理不尽な怒りを親父に向けてしまうところだった。

「あれ？　わたしなんか、この人見たことあるかも」

隣で俺のスマホを覗《のぞ》きこんでいた雫がそう口にした。

そりゃ会ったことあるんじゃないか？

朱莉が俺の家に来たことがあるのなら、雫だって一緒に来ていても不思議じゃない。小さすぎてうろ覚えなだけだろう。俺ですら朱莉のことを覚えてないんだから。

そういえば……雫は俺たちがはとこなのを知らないんだろうか？

洗濯物を干している朱莉に視線を向けると、朱莉は口の前で小さく指を立てた。

秘密にしておこうってことか。

確かに、憶えていないのなら無理に教える必要もないし、たぶん雫が知ったらまた大騒ぎをするだろう。どうせ『あんたとはとこなんて嫌！　殺して絶縁する！』とかな。

そんな朱莉に頷《うなず》いて見せたんだが――一つ、違和感に気付いた。

「あれ？　朱莉……なんか俺のパンツが足りないみたいなんだが」

「え？」

間違いない。お気に入りのチェック柄のボクサーパンツがない。

「洗濯機に入ってたろ？　どうした？」

すると、朱莉は明らかに動揺の色を浮かべる。

「い、いえ……見ておりません。水色のチェック柄の下着なんて……」

さらっと自白しやがったぞ。

「どこにやった？」

「さぁ……なんのことでしょう？」

「ほう……家族に嘘を吐くのか？」

「そ、それは……」

俺が厳しく睨むと、朱莉は泣きそうな顔をしてスカートのポケットからそれを取りだす。綺麗《きれい》に小さくたたまれた俺のパンツは、まるでハンカチのようだった。

思わず頭を抱えたくもなる。

「他にも盗んだろ？　どうしてパンツを盗んだりしたんだ……」

「最初は懐かしくてつい……それ以後は、颯人さんと週末しか一緒にいられず、平日は寂《さび》しくて……これがあれば寂しさもまぎれると思い……」

もの凄いことをカミングアウトされてしまった。

ふと思い出す――そういえば二度ほど、朱莉が俺のパンツの匂《にお》いを嗅《か》いでいた姿を見かけた気がする。さすがに見間違いだろうと思っていたが、まさか……。

「おまえ、俺のパンツの匂い嗅いだりしてないよな？」

すると朱莉は顔を真《ま》っ赤《か》にして歯をガチガチ鳴らしながら挙動不審な動きをする。

ブルブルと震えだし、あまりに小刻みすぎて部屋が揺れる。

「その……颯人さんの香りが落ち着くもので……申し訳ございません！」

なんてこった。見間違いじゃなかったらしい。

俺のレンタル家族はやばめの変態だった！

「わかるわお姉ちゃん！」

それを見ていた雫がどうしてか共感する。

「私もつい、お姉ちゃんの下着を盗んでしまうから……お姉ちゃんが実家を出てからわたしは毎晩お姉ちゃんの下着を抱きしめて寝ているから、その気持ちはよくわかる……」

この姉妹《しまい》やっぱりおかしいだろ！

とりあえず朱莉が持っている俺のパンツを奪おうと手を伸ばした時だった。

朱莉は拒むようにパンツを胸元《むなもと》で抱きしめる。

「返せよ」

「お返しできません。これだけは！」

「なんでだよ！」

「代わりの下着を買って差し上げますので、どうか使用済みだけは！」

「おまえ自分がどれだけやばいこと言ってるかわかってるか⁉」

「わかりました！　それでしたら私の下着を差し上げます！」

朱莉は完全に頭がおかしくなっているのか、スカートをたくし上げて中に手を入れる。下着に手をかけてするりと脱ぐと、迷いもなく脱ぎたてのそれを差し出した。

その下着は、同居初日のお出かけの際に買ったピンクの下着だった。

「どうぞ物々交換ということで！　必要なら何枚でも！」

「さっきより状況がやばくなってるだろーが！　いいから返せ！」

「でしたらせめて、返す前に嗅がせてください！」

そう叫ぶと同時、パンツを顔に押し付けて恍惚《こうこつ》の表情を浮かべる。

「はあああぁぁぁ………」

「やめろ！　人のパンツを嗅ぐ家族とか嫌すぎる！」

「………ふひひっ」

俺と朱莉が部屋を駆け巡りながらパンツの奪い合いをしている時だった。

「おっはよーう泉ヶ丘《いずみがおか》君！」

聞きなれた声による聞きなれた挨拶《あいさつ》。

まさかと思いながら玄関に目を向けると、そこには羽凪《はな》の姿があった。

「な、なにしてるのかな……？」

俺のパンツを嗅いでヘブン状態の朱莉に、朱莉の手にする獲物（朱莉の下着）を奪おうと猟犬のように飛び跳ねるポメラニアン雫。そんな二人に挟まれながら右往左往している俺。

なんかいろいろ終わった気がする……。

「まあいいや。いい天気だからデートしよう！」

「いいのかよ！　てゆーか、なんでおまえが俺の部屋を知ってるんだ！」

「最近のスマホって便利よね。簗瀬さんから回収した写真の詳細情報みたらね、位置情報がバッチリ載ってたの。だから来ちゃった♪」

「来ちゃった♪　じゃねーよ！　おまえもストーカーと変わらないわ！」

「そんなわけで、デートしよっか！」

「どんなわけだよ！」

羽凪に突っ込んでいると、隣の雫が負のオーラを発し始めた。

「あんたねぇ……お姉ちゃんがいながら他にも女がいるわけ？」

雫が奪取した朱莉の下着と裁ちばさみを手にしながら、狂犬病のような目で俺を睨む。

「違う！　ああもう！　面倒くせぇんだよおまえら！」

なにもかも嫌になって天を仰《あお》ぐ。

もう家でも学校でも、お一人様生活なんて無理だろこれ……。

うな垂れる俺の前で源さんは我関せず、必死に滑車をこいでいる。


こうして、プロのぼっちを自称する俺のお一人様生活が無事終了した。

あとがき

皆様ご無沙汰をしております。柚本悠斗《ゆずもとはると》です。

前作の完結からだいぶ時間が経ってしまいましたが、新シリーズ開始でございます。

デビュー作では全力でおっぱいを連呼し、二シリーズ目では全力で正義と悪を連呼し、そして三シリーズ目は、全力でお一人様生活を謳歌したい少年のお話です。

新シリーズの企画書を作っていた時から『初心に帰ってラブコメを書こう！』と思っていたのですが、『姉《かのじょ》と妹《カノジョ》の下着事情。』とは違う王道なラブコメを書きたい思いがありました。

その中で『同居』という題材の選んだのは、単純に私の学生時代の願望です。

誰もが一度は、ある日突然やってきた美少女となんやかんやで一緒に住むことになってしまい……みたいな妄想をしたことがあると思いますし、私はしょっちゅうしていました。

もちろん、そんな桃色展開な学生生活をおくれたはずもありません（泣）。

とはいえ、誰もが憧れるこのシチュエーションはやっぱりいいものだなと。

同居というキャッキャウフフな状況の中、少年と少女の地に足のついた物語。そこで繰り広げられる甘く楽しく、時に切ない――そんな青春を全力で描いていきたいと思います。

何卒『家に帰るとカノジョが必ずナニかしています』をお願い致します。


また、新作の刊行に伴い、ご協力いただいた皆様には感謝しかありません。

まずは担当のU氏。新企画の立ち上げまで長らくお時間をかけてしまい、本当にごめんなさい。初めて編集さんとゼロから立ち上げた作品で実は思い入れが強かったりします。これからはお待たせするどころか前倒しでいきますので、よろしくお願い致します。

そしてイラストをご担当いただいた桜木蓮《さくらぎれん》様。

『やばいね！　最高だね！』と深夜に一人叫びまくり、ご近所さんからヤバい奴認定をされてしまいましたが、全く後悔していません。素敵なイラストをありがとうございます！

引き続き、彼らの青春を美しく彩っていただけると嬉しいです。

最後に、東京に行く度に肉を食べさせてくれた編集長。連絡もしなかったのに暖かく応援してくださった先輩作家のK・S氏。そして夜な夜なご相談にのってくれたM・G氏。

なにより、手に取ってくださった読者の皆様、ありがとうございました♪

次巻でお会いできたら嬉しいです。

ファンレター、作品の
ご感想をお待ちしています

〈あて先〉

〒106－0032
東京都港区六本木2－4－5
SBクリエイティブ（株）
GA文庫編集部 気付

「柚本悠斗先生」係
「桜木蓮先生」係

本書に関するご意見・ご感想は
右の QR コードよりお寄せください。

※アクセスの際や登録時に発生する通信費等はご負担ください。

https://ga.sbcr.jp/

家に帰るとカノジョが必ずナニかしています

発　行　　2019年5月31日　初版第一刷発行
著　者　　柚本悠斗
発行人　　小川　淳

発行所　　SBクリエイティブ株式会社
〒106-0032
東京都港区六本木2-4-5
電話　03-5549-1201
03-5549-1167（編集）

装　丁　　AFTERGLOW

印刷・製本　中央精版印刷株式会社

ISBN978-4-8156-0193-5
Printed in Japan　　GA文庫

それは、
「書く」魔法。
進化しました!